我在秋声里蹀躞

刘天仁诗词集

WO ZAI QIUSHENG LI DIEXIE

LIU TIAN REN SHICI JI

刘天仁 著

知识产权出版社
全国百佳图书出版单位

后以"古风"注明。集句诗为了选取优美而又贴切的句子，既尽可能使之存有古诗词的韵味，又没有刻意去追求格律。

虽然一把年纪，但文学创作毕竟是新手，人老欠缺童心童趣，写出的诗词或许浅陋幼稚。同时诗词格律的运用并不纯熟，不当之处更在所难免，望读者诸君不吝指正。

目录

新歌嘤嘤

春天

春天是一首欢乐的歌，
领唱为冰化雪消的小河。
春风在池塘铺上五线谱，
春雷参与汇成了交响乐。

春天是一支曼妙的舞，
桃红李白是最早的舞者。
当姚黄魏紫华丽地亮相，
柳丝翩翩伴舞裙裾摇曳。

（2017-03-15）

早春

早春的风犹豫，
在乍暖还寒中徘徊。
面孔完成了温柔的蜕变，
却不时露出冷冷的尾来。

早春的草迟疑，
处于半醒半睡状态。
心中已经萌生盎然绿意，
却未摆脱累赘的黄色外在。

早春的花矜持，

在开放闭合中摇摆。

以少女的细腻等待时机，

来展示生命的最佳风采……

（2017-03-10）

春风啊

春风啊，巧手的姑娘！

你整个冬天关在闺房，

在为冰雪覆盖的原野——

裁剪一件绿色的衣裳？

春风啊，绘画的巨匠！

独在画室里冥思苦想，

用如椽大笔调制色彩，

构思空前的宏大画廊？

春风啊，音乐的女郎！

你在钢琴边轻轻吟唱，

精心推敲每一个音符，

编创优美的春之畅想？

春风啊，顽皮的孩子！

躲在角落里玩捉迷藏，

只等炮竹和锣鼓声响，

便蹦出与人欢聚一堂……

（2015-01-31）

咏春雨

春雨淅淅沥沥，

昭示一个季节的风流。

春雨飘飘忽忽，

展现一段时光的温柔。

春雨丝丝缕缕，

蕴含对万紫千红的瞩目。

春雨密密麻麻，

寄寓对万象更新的情愫。

春雨缠缠绵绵，

传递自然对人类的祝福；

春雨滴滴答答，

带来上苍对大地的问候……

（2016-03-09）

观春雨首秀

我站在窗前凝望着春雨首秀，

向阔别的朋友传递思念友谊。

春雨发觉后即转身朝我奔来，

频频与窗玻璃碰杯酒洒一地。
庭院中的垂柳明显有了醉意，
树冠摇摇晃晃枝条袅娜摇曳。
我的心旌不由自主随之飘荡，
静止一冬的脑海也泛起涟漪……

（2016-03-10）

春意

春意从天上来，
带来绚丽的云彩，
编织霓裳羽衣，
装点山河楼台。

春意自海上来，
捎来蔚蓝的问候，
萦绕激越涛音，
讴歌百花盛开。

春意打心中来，
放飞殷殷的情怀，
承载美丽梦想，
翱翔浩瀚天外！

（2015-02-16）

春雪

雪是冬天的宠儿，
为何在早春流浪？
原来冬并未行远，
不断深情地回望。

雪是严寒的结晶，
为何料峭中飞扬？
原来百花在预演，
匆忙中忘着彩妆……

（2017-02-26）

春运

高速高铁高空，
车水马龙飞鹰。
人山人海浪涌，
如涛反复吟咏——
游子乡愁亲情。

（2017-01-22）

春天真好

树欲吐绿，

花正含苞，
飞来黄鹂，
仅缺小草……

于是，艳阳
扯起了光纤，
通过热线，
不停呼叫。

于是，春风
学三顾茅庐，
实意求贤，
并诚心相邀。

于是，春雨
备三杯两盏，
洗尘接风，
慰问犒劳。

小草苏醒了，
伸了伸懒腰，
露出了微笑，
终于露出尖梢……

卑微的小草，
也享有尊严。

大自然真好，
春天真好！

（2016-03-28）

感悟春天

（一）

从冰雪里走来，
朝火热中走去。

（二）

为花而生，
为花而死。

（三）

有了浪漫的故事，
就有美丽的一生。

（四）

绿色是春天的生命，
绿色也是春天的灵魂，
它在其他的季节里游荡。

（2016-04-27）

又临春天

昨天的我已经谢幕，

今天的我正式登台。
又在冰雪消融时分，
隆重迎接你的到来……

昨天的我风华正茂，
将你视作知己同怀。
你的阳光使我明媚，
温馨拂我心花绽开。
你的多情赋我浪漫，
朝气令我蓬勃豪迈。

我曾在春雨里徜徉，
我曾在春风中等待。
我曾伴着莺歌起舞，
我曾随着蜂蝶采摘。
我获得过你的恩惠，
我饱览了你的风采……

今天又与老友相聚，
白发的我青春不再。
你的明媚缭我眼花，
温馨抚我稍不自在。
你的多情令我感叹，
朝气衬我年老体衰。

我面对着春雨思索，
我沐浴着春风徘徊。
人生即使诸多遗憾，
也宜保持良好心态。
昂首扬起生活风帆，
夕阳或许也能气派……

昨天的我已经谢幕，
今天的我正式登台。
同在冰雪消融时分，
隆重迎接你的到来……
（2015-03-02）

夏至春梦终

草青青，
花凋零，
绿茵掩残红，

散烟云，
敛柔情，
山岳露真容。

和风倦，

气温升，

夏至春梦终。

（2015-05-04）

初夏花影

姹紫嫣红消逝，

绿色成它们的灵魂。

灵魂到处游荡，

引出大地的葱茏。

五彩缤纷匿迹，

果实是它们的结晶。

心血凝集的硕果，

延续着旺盛生命。

"落花流水春去也"，

"只有香如故"？

在我脑中，

佳丽的形象挥之不去。

这个初夏，

仍依稀浮现百花的身影……

（2015-05-16）

仲夏晨曲

小鸟唧啾，

唤醒了缕缕朝霞。

柳条摇曳，

引来了阵阵清风。

我和远山静坐着，

默默地对视。

彼此意会而无需言传，

因都已老得炉火纯青。

茶杯里冒出的热气，

却自作主张，

硬要捎上我的问候，

袅娜而去。

不多时，

远山就萦绕着淡雾轻烟……

（2016-07-15）

夏夜

月华如水漫过窗台，

树影摇曳似浪涌来。

蝉鸣宛若涛声走调，

轻雾将夜绘成大海?

恍惚中感微微荡漾，

淡淡愁绪溢出胸怀。

夏夜竟是如此美丽，

快下楼去领略风采……

（2017-07-14）

夏夜松影

一棵松树其貌不扬，

从未将之放在心上。

昨夜树影横在路中，

得以驻足仔细打量。

斑驳树干好像蹙眉，

正襟危坐眺望远方。

针叶有条不紊诉说，

娓娓道来似水流淌。

沿着它的目光延伸，

仿佛是遥远的故乡。

循着它的絮语上溯，

竟全是童年的印象。

心底涌出绵绵愁绪，

和松一样长青苍凉……

（2016-07-25）

走进秋天

不经意就走进秋天，
倘若没有立秋这节气，
只要留意也能察觉……

奔放正朝着平和，
迅猛正走向沉稳。
酝酿正蒸馏酒浆，
或香醇，或苦涩。
孕育正熟结果实，
或饱满，或干瘪。
燃烧正逐渐衰减，
尽管阳光似乎还骄横，
但晚间已感微微清凉……

人生有许多不经意，
转眼无痕，
稍纵即逝，
需要仔细去品味……
（2016-08-10）

孟秋即景

几团雪白的云，

点缀在湛蓝的天空，
一动也不动。
疑是一张照片，
如此淡定！

一口澄澈的池塘，
镶嵌在黄兴绿怠的田野，
无一丝波纹。
活脱一块明镜，
多么平静！

数株亭亭的垂柳，
一改以往的风情万种。
美人困倦了？
化作一扇屏风，
展秋的肃穆……
（2016-08-30）

秋天之美

蜿蜒的小径，
被素秋压得更弯。
我踯躅于阡陌，
感受盛大的场面……
秋虫鸣唱，金凤伴奏，

大雁仪仗队形飞旋。
凌乱的野草夹道欢迎，
快意掩盖了枯萎容颜。
地里的菜蔬注目示意，
园林的果实频把头点。
飒飒树叶手舞足蹈，
忘乎所以飘忽空间。
近看有的树叶开始泛黄，
远眺绚丽云彩挂在天边……
我突然感到秋天之美，
不禁在小径久久地流连……
（2015-08-31）

秋水伊人

澄澈的秋水，
映照着伊人的倩影。
为何总是心神不定，
不能将影像定格保存？

清冽的秋水，
浅底隐藏伊人的丰韵。
一尘不染的卵石是其风骨，
几尾小游鱼犹如她的灵魂。

潺潺的秋水，

带走伊人的美好青春。

生命像无声无息的流水，

看两岸黄花笑傲秋风……

（2015-09-15）

秋的写意

往常天幕多是衬托，

云彩爱在前台唱戏。

今日天空格外瓦蓝，

云彩反而成为搭配。

转眼她退到了天边，

编织出精美的花絮。

镶嵌于蓝宝石边缘，

也为素秋作了点缀。

往常小溪水量丰盈，

河床石块藏身隐逸。

如今溪水瘦骨伶仃，

石块犹如雕塑立起。

于是岸柳甘做烘托，

收敛了枝条的摇曳。

宛若一扇别致屏风，

成为了秋天的写意……

（2016-09-21）

秋天况味

我独自在小径漫步，
仿佛在秋海中飘摇。
经历了春、夏的洗礼，
心境平和，不涌惊涛。

伸手采撷一只秋果，
放入口中慢慢咀嚼。
品赏着秋天的况味，
回溯着昨日的春潮。

弯腰拾起一片落叶，
将之放于书中深造。
来年翻出这枚书签，
希望它把今天报道……

（2015-09-16）

秋歌

云彩淡泊趋稀薄，
苍天超然亦远离。

狼藉残红尚留香，
零星落叶待成泥。
草木衰败蓄精华，
果实熟报三春晖。
秋水思念变清瘦，
秋风感叹洞箫吹……
（2015-09-10）

秋颂

你从凝绿含碧的夏天走来，
回首遥望万紫千红的春色。
身着金碧辉煌的华贵外衣，
迈向冬季晶莹剔透的世界。

无情秋风摧枯拉朽的时候，
心怀来年莺歌燕舞的希冀。
连同夏季万木争荣的景象，
因而认同北风咆哮的性格。

如果说春弥漫爱情的浪漫，
如果说夏散发火焰的炽烈，
那么你全身充满朴实浑厚，
遥相呼应冬季的冰清玉洁。

你欣赏春姑娘的鸟语花香，
你赞叹冰美人的冷峻凛冽。
你也理解热浪滚滚的日子，
造就一个收获希望的季节……
（2015-09-06）

我在秋声里蹀躞

我在秋光下徜徉，
来到枫树的身旁。
摘片火红的霜叶，
点缀粗布的衣裳。

我在秋色中流连，
面对耀眼的金黄。
我采撷一朵菊花，
使之伴余年飘香。

我在秋园里徘徊，
诱人的橘绿橙黄。
恨不能采些果实，
让我也有点收藏。

我在秋声里蹀躞，
邂逅落叶的白杨。

手机拍它的倩影，

欣赏挺直的脊梁。

（2015-10-14）

深秋，中午的阳光很温暖

领略了萧瑟的风，

见识了冷峻的霜。

深秋，

中午的阳光真温馨。

目睹了树叶的枯，

关注了野草的黄。

深秋，

中午的阳光好温柔。

经历了晚上的凉，

感受了早晨的寒。

深秋，

中午的阳光很温暖。

（2016-11-04）

秋天是位理发师

挑着一头热一头冷的担子，

秋天是位传统的理发匠。
经过一个季节的疯长，
草木也变得杂乱无章。
遂动用风刀霜剑摧枯拉朽，
将大自然梳理得纹丝不乱！

仿效画家立起调色板，
秋天是位现代的美容师。
虽难脱离传统的季节基色，
但偏爱生动的橙黄菊黄。
再点缀枫红和松柏的青翠，
让秋也有春天的缤纷模样……

秋风 秋霜

秋风是刀，
秋霜为剑。
剑割柳宗元的愁肠①，
刀逼林黛玉的哀怨②。
秋风是笔，
秋霜为彩。
彩绘红于二月花的枫林③，
笔写橙黄橘绿时的果园④。

（2016-11-01）

①柳宗元：海上尖峰若剑芒，秋来处处割愁肠。

②葬花吟：一年三百六十日，风刀霜剑严相逼。

③杜牧：停车坐爱枫林晚，霜叶红于二月花。

④苏轼：一年好景君须记，最是橙黄橘绿时。

苍穹那颗美丽的星星

苍穹那颗璀璨的星星，

可是诗仙李白的眼睛？

他曾登高欲把你摘取①，

你可收藏了他的身影？

苍穹那颗美丽的星星，

可是词圣稼轩的瞳仁？

他写的"七八个星天外"②，

是否成为了他的化身？

（2016-11-13）

①李白：危楼高百尺，手可摘星辰。

②辛弃疾：七八个星天外，两三点雨山前。

你是一颗美丽的星星

你是一颗美丽的星星，

挂在浩瀚无垠的苍穹。

气质高雅且明亮耀眼，

让懵懂少年满怀憧憬。

长大懂得了宇宙无穷，
仰望天空怀复杂心情。
我们离得很远很远啊，
你更具魅力风采迷人。

如今观天只偶尔为之，
对于你早已刻骨铭心。
看见夜空常云遮雾罩，
心底会蒙上一层阴影……
（2016-11-11）

眺望银河

遥远的天上有一条银河，
那里有牛郎织女的传说。
七七架设鹊桥宛若彩虹，
美丽的爱情如繁星闪烁。
银河其实有支流的支流，
你也是波涛中浪花一朵。
倘若你在夜晚静静眺望，
或可见证银河潮涨潮落……
（2016-12-12）

月亮情怀

我们之间有着漫漫的距离——
约三十八万公里。
但我总觉得我们相距
只有区区数十米。
无论圆月、弯月或躲进云层，
我都一眼能看到或确定位置。
难道你我之间心有灵犀，
会迸发火花，
照亮一条捷径?
难道两情相悦，
会如正负电荷那样，
互相吸引缩短距离!

仔细想一想，
谁没有一点秘密?
可是对于你，
我完全敞开了心扉:
关于爱，关于情，
关于乐，关于悲，
关于思，关于念……
一股脑儿诉诸于你。
我们长期厮守，

从少到老也不离弃。

这在生命中，

能不能算作知已？

孩童时代，

我用天真的眼光看你。

你给我讲嫦娥奔月，

在我的心海激起了涟漪。

长大以后，

我用抑郁的眼光看你。

你以如水的月华，

给我受伤的心灵以抚慰。

如今我已白发苍苍，

用虔诚的眼光看你。

你风采依然，

展现着女神的温柔慈祥，无限魅力……

（2015-09-15）

皎洁的月亮

皎洁的月亮从天边走来，

飘飘仙子令我心花顿开。

我冲进如水月华中沐浴，

她却害羞似的躲进云彩。

皎洁的月亮从梦中走来，
嫦娥让我进入兴奋状态。
她盛情地邀我翩翩起舞，
一曲终了姗姗退回窗台。

皎洁的月亮从记忆走来，
美丽女神令我难以忘怀。
等到良宵举头深情张望，
绰约的婵娟却远在天外……

（2015-02-15）

生命中的月亮

在外飘泊的日子，
倍感世态炎凉。
你突破空间羁绊，
跟随我奔走四方。
使我没有了愤愤不平，
迷恋上女神的慈祥。

历经沧桑岁月，
饱尝人情冷暖。
你不受时间制约，
从小伴随我到年长。
令我抛弃了耿耿于怀，

沉浸在天使的温柔之乡。

跋涉漫漫人生，
不如意事十之八九。
你不问卑微清贫，
始终追随着我的履痕。
让我远离了喋喋不休，
陶醉于月亮的善良……
（2016-05-06）

池塘月色

天上挂着一轮皎洁的月亮，
池塘沉着一只晶莹的玉盘。
地上的月华似溢出的池水，
池里却是满满的一塘月光。

月亮何时悄悄地光顾池塘？
随行可有嫦娥玉兔和吴刚？
我举头问天上的月亮仙子，
她笑而不答欲往云彩躲藏。

这时池塘忽呈现波光粼粼，
难道谁粗暴地捣碎了玉盘？
我十分惊讶有点不知所措，

再看池底玉盘仍是原来模样。

那依依柳丝开始随风摇曳，
宛若嫦娥起舞飘动的衣裳；
池岸断断续续响起了蛙鼓，
似吴刚有节奏的斫树声响……

此时我忽然感到醉眼朦胧，
难道只是因晚餐饮过酒浆？
我来回趟着如水的月华，
俨然画家构思画稿那样……

（2015-07-08）

中秋月走了

中秋月静静地走了，
神色似有些许戚戚。
从渐渐离去的倩影，
约略可见弯弯的蹙眉……

犹记中秋朗朗夜空，
她着盛装缓缓升起。
吸引了多少殷殷目光，
承载着多少绵绵思绪？
那一刻处处欢呼雀跃，

芸芸众生等待女神的洗礼。
那一刻遍地溶溶月华，
洋溢着她浓浓的爱意……

欢乐总是短短的一刻，
现实总有冷冷的印记。
相聚也只是来去匆匆，
哪有漫漫的不散宴席？
辈辈读"月有阴晴圆缺"。
世世代代演绎为真理……

别离毕竟依依不舍，
切切期待来年的相会。
中秋月静静地走了，
回眸里闪耀着脉脉清辉……
（2016-09-18）

云

阳光疲软，
云似花开。
或为丝缕，
散落飘带。
或成簇团，
欲聚云海。

天马行空，

独往独来。

放荡不羁，

洒脱仪态。

自如舒卷，

倜傥气派。

漫游天际，

饱览风采。

赏心怡情，

悠哉游哉。

大千世界，

乐忧同在。

不测风云，

也会生哀。

白变黑脸，

粉墨登台。

泪如雨下，

抒发情怀。

（2016-01-22）

观云

你是一片彩云，

挂在日落的天际。

你挽着晚霞翩翩起舞，

摇曳着绚丽的霓裳羽衣，

曼妙，轻盈，空灵。

只是惊鸿一瞥，

令我一生相忆。

你是一团白云，

难忘曾经的不期而遇。

我登上山巅远眺，

你突然涌来和我相拥相会。

浪漫，温柔，飘逸。

一次猝不及防的邂逅，

尝到了飘飘欲仙的滋味。

你是一缕轻云，

惜墨如金的画家淡淡一笔？

犹似美人远去的背影，

宛若佳丽留下的芳迹。

淡然，泰然，超然。

虽然只是丝丝缕缕，

也流露着绵绵情意……

（2015-09-21）

雨珠

飘泊在外，

孤独陌生，

如影相随。

我喜欢淅沥的雨。

如玉的雨珠，

带来故土的气息。

光阴荏苒，

青春不再，

老之已至。

我喜欢霏微细雨。

圆润的雨珠，

残留盎然的童趣。

沧海桑田，

高楼林立，

老屋匿迹。

我喜欢断续的雨。

晶莹的雨珠，

可寻过去的印记。

（2016-10-24）

夏雨

云彩生气了，
怎么黑着脸？
太阳捉迷藏，
为何不让见？
天公忽抖擞，
雷霆之怒颜。
蛟龙卷疾风，
灵蛇化闪电。
乌云一动情，
落泪如丝线。
热浪知趣去，
让位凉爽天。

（2015-07-31）

风

你亲我的脸，
你撩我的衣。
想和你拥抱，
唯恐躲不及。
明明在身边，
却似远千里。

你摇庭中树，

你拂门前旗。

远处偷偷望，

你也很警惕。

庐山真面目，

始终云雾蔽。

有时吹号角，

有时弄横笛。

闻声不见人，

身影无踪迹。

阳春白雪曲，

知音很难觅？

（2016-02-18）

朔风

梦里看名曰《冬天》的电影，

海报朔风主演写得很清楚。

到影院刚坐定还未开演，

场内就响起了开场锣鼓。

电影是一部平常的战争片，

主角也只是一个冲锋号手。

战斗结束举行了狂欢，

朔风搂着雪花姑娘劲舞。

庆功宴会颇为热闹，

搅局的朔风却捎些苦雨作酒……

离开影院朔风居然尾随而来，

我将这不速之客拒之门外……

（2016-12-19）

雪

冷峻的身形，

着实的冰心，

本质是水的柔情。

雪是冷美人，

冷静，

冷艳，

甚至有点冷酷。

因为任何热烈、温存，

都会导致毁灭，

所以不得不矜持。

但若邂逅真爱，

就会像飞蛾扑火，

奋不顾身，

毫不顾忌消融。

纯情，

纯洁，

纯真，

绝不允许亵渎。

如果谁敢践踏，

就会留下深深的足印……

（2016-12-16）

雾中错觉

我在雾中打电话，

对方也说在雾里。

这雾太浓太离奇，

恍惚之中忘手机。

仿佛故人到身边，

不像相隔千千米。

环顾四周不见人，

难道绢纱裹身体？

脑海飘浮其神采，

我亦惆怅亦欢喜……

（2016-01-04）

霭

你起淡淡的雾，

你拉薄薄的幕。

你描轻轻的烟，

你绘渐渐的暮。

你是——

笼罩纱巾的新娘，

犹抱琵琶半遮面的歌女……

（2016-01-25）

霓虹

天空是铺就的纸，

霓虹宛若工笔画。

细密精巧如彩练，

七彩绚丽若云霞。

天空是浩瀚的海，

霓虹把仙桥飞架。

一端连梦幻天堂，

一端接泱泱华夏……

（2016-01-19）

你是天边一缕霞

你是天边一缕霞

霓裳羽衣，

缤纷轻纱。

天生丽质，

气韵高雅。

时光的长河无限啊，
你钟情晴天早晚，
做它的一朵浪花。
持之以恒，
终成一支奇葩。

长天的幅员无垠啊，
你却选择天之涯。
精心涂抹，
终于描绘出
精美绝伦的图画。

才貌双全，
绝代芳华。
风流倜傥，
飘逸潇洒。
你是天边一缕霞……
（2016-11-21）

光

驱逐岁月如墨的黑，
留下历史淡淡的影；

赋予生活七彩的色，

点燃人们希望的明……

（2016-02-17）

早晨

早晨以光的速度，

涂亮涂蓝浩瀚的天宇。

忙乱之中重复的几笔，

奇迹般显现出如玉的云絮。

白云在蓝天悠悠地舒卷，

神色流露出淡淡的忧郁。

风驰电掣自然虎虎生风，

风和云正耳鬓厮磨窃窃私语。

缠绵缱绻也有磨合冲突，

有几朵白云拉扯成丝丝缕缕。

太阳无愧天之骄子，

大手笔书写闪光的诗句。

朝霞在边缘钤下印玺闲章，

羞涩地将画卷呈献给旧知新雨……

（2016-01-08）

白昼

白昼是一只

具有魔力的容器，

将所有的人，

像鱼一样囊括其中。

它挟持太阳，

放射光芒刺激人眼。

它勾结银行

发行钞票蛊惑人心。

总之，

令人不能入眠，

令人不会入眠，

令人不可入眠……

（2016-03-08）

7月9日傍晚

高空分布着一大片层云，

老天也热长出满脸疙瘩？

月亮在云层中时隐时现，

神色不定欲躲阴凉之下？

风儿明显有些趁人之危，

分明箭已上弦就是不发。

幸灾乐祸看云汗水涔涔，

它宁吞苦水也不肯飘洒……

（2016-07-09）

黑夜

缓缓地研磨着
漆黑漆黑的墨，
耐心地等待着
宛若真空的静。
天亮之前，
一挥而就，写成
与白昼相反相成的
深邃哲文。

（2016-03-16）

夜

夜像一个顽皮的少女，
不由分说蒙住我的眼睛。
当我掌灯欲一睹她的风采，
她却藏到暗处偷笑——
不肯展露芳容。

夜像一位美丽的天仙，
孜孜不倦追求环境宁静。
当万家灯火熄灭万籁俱寂，
我仿佛听到她的叹息——

无声胜过有声?

夜是一位独特的舞者,
舞蹈语汇有些晦涩朦胧。
但当我昏昏欲睡进入梦乡,
才发觉舞姿是如此曼妙——
简直如临仙境……

(2016-10-08)

入夜思

道路无休无止地延伸,
似乎没有尽头。
路灯不屈不挠地跟踪,
硬要弄个水落石出?
人间的故事,
千车载不下,
万车拉不完,
成就了滚滚车流。
故事多了,
需要甄别,取舍,排练,
方能正式上演,
故而先降下夜幕……

(2016-11-16)

小夜曲

你姗姗地来了，
如你悄悄地离开；
我用淡淡的微笑，
欢迎你重登舞台……

满天耀眼的星星，
是风吹散的云彩。
繁星频频地闪烁，
晃你头饰的银钗。

碧空皎洁的明月，
美丽的嫦娥安在？
似水的月华倾泻，
叹你飘舞的衣袂。

流光溢彩的街市，
如你斑斓的腰带。
璀璨夺目的银河，
腰带怎魂飞天外？

忽然想融入夜色，

流连于无垠夜海。

喋喋地向你倾诉，

并不是谈情说爱。

我将宝贵的生命，

一半交与你安排。

仗着漫漫的长夜，

把生命真谛想明白……

你悄悄地走了，

如同你姗姗地来，

我向你轻轻挥手，

别离有依依情怀……

（2015-03-17）

海

没有她，

四面八方都呈现着坚硬。

海使地球温柔。

没有她，

一览无余地显现出浅薄。

海使地球深邃。

没有她，

会是清一色的坑坑洼洼。

海使地球圆满!

（2016-06-25）

读海

面对滚滚的波涛，
我感到海的心跳。
生机勃勃的搏动，
撑起矫健的外表。

持续涌来的浪花，
我看到海的欢笑。
飞琼泻玉的身姿，
彰显出大气妖娆。

抑扬顿挫的涛声，
我听到海的歌谣。
喜悦时温馨悠扬，
愤怒时吼叫喧嚣……

（2015-07-14）

海天连处

相传海天相连的地方，
却是甜蜜的温柔之乡。

海浪和云絮水乳交融，
波光粼粼辉映着霞光。
朦胧之中氤氲着神秘，
梦幻悠悠自得地徜徉。

据说海天一线的地方，
却是美丽的理想之邦。
无垠中呈现博大高远，
动荡后归于温顺安详。
世间凡人尚不能涉足，
思想可任意自由牧放……

（2016-11-29）

海滨之春

海空白云飘，
天仙般绚丽的容貌。
转眼随风轻轻吹拂，
化作千树万树妖娆。
满园春色真俏。

海滨春雨到，
似乎有特别的情调。
瞅见艳阳戛然而止，
偷落数滴和着碧涛。

一派春光真妙。

凭栏作远眺，
万种风情千般妍娇。
远方楼台若隐若现，
映衬水面氤氲轻绕。
诗画春景真好。

（2016-03-21）

元月九日海滨

日高照，
云无踪，
天空蓝莹莹。

疑西子，
作远行?
海面似湖平。

不见浪，
没有风，
光影独含情。

极目处，
水连天，

景色渐朦胧。

（2016-01-09）

侃山

（一）

苏夫子飘然而来，
指点青山，
侃侃而谈：
"横看成岭侧成峰，
远近高低各不同。"
听君一席话，
胜读十年书。
从此我眼中，
山果然风流倜傥。

（二）

一生无数次攀登，
也几度登过名山。
登山——
其实是与山的较量。
山决不会轻易服输。
一线天，鬼见愁……
那是山的胆。
悬崖峭壁，

是山挺立的脊梁！

（20-07-15）

山巅

不知不觉中，
登上了山顶。
倏忽云遮雾罩，
一时退路难寻。
不必心惊！
正好气和心平，
观赏一览无遗的风景。
这里没有噪声，
也无受人牵制的风筝，
乱我视听。
映入眼帘的是：
飞瀑流泉，
乱云飞渡，
渺渺长空……

（2015-04-13）

初冬的小溪

初冬的小溪多愁善感，
涓涓溪水艰难地流淌。

怜悯随水而逝的落叶，
似乎快要把眼泪流干？

初冬的小溪失落惆怅，
流水潺潺戚戚地歌唱。
像为两岸枯萎的野草，
轻轻地叹息抒发忧伤。

初冬的小溪振作昂扬，
浅可见底裸露着胸膛。
宣誓和岸柳肝胆相照，
抗击朔风的肆虐嚣张……

（2015-11-17）

水的时髦

忽然发现，
浅洼的水冰冻失去灵动。
浅池也凝结一层薄冰，
没有了涟漪和波纹。
好像一头飘逸的秀发，
喷上摩丝凝固了。
野外的水出现一种
追求固化的流行趋势。
越浅薄越喜欢赶时髦。

这一点和人颇为相似……

（2016-12-09）

我是一滴水

我是一滴水，
漂泊挥别故土。
越漂越远，
越漂越久。
离乡，
顺水推舟；
归乡①，
似水倒流。

我是一滴水，
在悬崖峭壁孕育。
从潺潺沟壑，
到涓涓细流，
入支流河汉，
注大江大湖。
流水愈来愈浩淼，
乡愁愈来愈浓稠……

（2015-09-08）

①非指蜻蜓点水式回乡看望。

一滴水的思怀

蓝天飘拂的那团白云，

是我亲爱的母亲。

她用无比的温柔孕育了我，

十月怀胎直到分娩。

依稀记得分离时分，

我是一个傻乎乎的小不点，

只图淋漓酣畅倾泻而下，

全然不顾母亲泪如涌泉。

抵达一个陌生的环境，

我完成了雨珠到水滴的蜕变。

经历了大地的坎坎坷坷，

领略了小溪的曲折蜿蜒，

感受了江河碰撞的伤痛，

见识了海浪的动魄惊心。

每当我仰望蓝天飘逸的白云，

就会情不自禁热泪盈盈……

（2016-11-21）

云和水

云在蓝天自由翱翔，

水在大地恣意驰骋。

云是水的聚集，

水是云的散发。

云是水忘形编织的锦缎，

水是云动情抛洒的泪花。

云为皈依而渲泄，

水为追求而升华。

（2017-04-05）

缘

漫天雾，

雾漫天，

诉往事如烟？

故园美，

美故园，

总梦系魂牵。

（2015-12-25）

情

众说纷纭何以为情？

犹似彩云飘拂天空。

静静远观飘逸绚丽，

被其包裹却难理清。

古今都问何以为情？

宛若夜空闪烁星星。

举头望她频递秋波，

摘取要点浪漫诗情①……

（2017-04-03）

①星星可以摘取吗？似乎可以。李白诗曰：危楼高百尺，手可摘星辰。

朦胧

你是如水的月华，

梦幻的溶溶月色，

影影绰绰的氤氲。

你是晨昏的雾霭，

萦绕山峦的轻纱，

缥缥缈缈的炊烟。

你是昨夜的梦境，

若即若离的悲欢，

似幻似真的场景。

你是童年的回忆，
分明是历历在目，
转瞬又漫漶不清……
（2015－07－21）

静

你是一个沉默寡言的隐者，
心不在焉孤独地踽踽而行。
夜被太阳毫不留情地遗弃，
你却悄悄地给予她以温情。
夜无选择地撑起黑色皮囊，
你义无反顾充当她的灵魂。

你有一颗含蓄内敛的心脏，
追求着淡泊明志宁静致远。
人间不乏美妙的天籁之音，
但市井也充斥喧嚣和噪声。
于无声处听惊雷仍犹在耳，
你的沉默是声之极致巅峰。

你有一个迥异的孪生弟兄。
相互对立排斥又密不可分。
风恬浪静乃人生美好境界，

静中思动又揭示事物本真。
你的烘托令兄弟生动活泼，
兄弟鼓吹使你更楚楚动人。

（2016-06-18）

远方

那时我没有翅膀，
经常登山岗遐想：
穷尽目光的远方，
能否把童心收藏？

我首次踏出远门，
面对浩瀚的海洋：
水天相连的尽头，
能否把好奇存放？

寻章摘句的时候，
时会趁夜色游荡。
期待远方的月亮，
能挽留我的想象。

飘泊在外的日子，
常手搭凉棚眺望。
涌动滚滚的乡愁，

思念远方的故乡……

（2016-06-27）

梦幻

花在远处轻轻呼唤吗？
循声望去却有些迷离。
若隐若现是风弄花影？
忽起忽落我心旌摇曳。

春在明天边缘招手吗？
转头凝视心尚怀狐疑。
似有似无是青阳致意？
欲前又止我原地徘徊。

诗在梦中悄悄耳语吗？
云里雾里真有点神奇。
如真如幻是美丽女神？
飘飘欲仙我惊喜陶醉……

（2015-02-02）

倒影

澄澈池面平静如镜，
我怀疑误入水晶宫。

水中倒影栩栩如生，
心里有点得意忘形。
只是随着涟漪泛起，
影像渐渐扭曲朦胧，
身子分割成一段段。
我取笑它凌乱不清……
不料它忽眼鼻重叠，
不屑一顾反而嘲讽：
你不也是支离破碎，
啥时有过称心完整?

（2015-08-15）

你是……

你是一朵深藏的鲜花，
轻轻地摇曳尽显芳容。
当我披荆斩棘来采摘，
发现你正慢慢凋谢。

你是一缕绚丽的流霞，
精美绝伦的动感图画。
当我乘长风将你追逐，
你却悄悄在天边散发。

你是一首优美的诗篇，

洋溢难以言传的文采。

当我苦苦将你寻觅，

仿佛见李杜作品精华……

（2015-01-29）

我有时……

我有时似在梦中，

似幻似真。

花团锦簇和富丽堂皇，

令我疑入桃源。

我有时似在天上，

鸟瞰凡尘。

人间种种丑恶不公，

令我忿忿不平。

我有时似在昨天，

踽踽独行。

故乡和童年的记忆，

令我倍感温馨。

（2016-03-03）

依稀

我生活在今日，
常依稀感到还置身昨天。
就像一朵荷花，
已经凋谢了，
总记得盛开时的鲜艳。

我生活在陆地，
有时仿佛仍畅游于深渊。
如同一条游鱼，
已经制成鱼干，
还记得水中活灵活现。

我生活在现实，
怎么也会陷入梦幻？
如今我老了，
也曾有过爱的浪漫，
永忘不了那美妙的瞬间……

（2015-09-07）

瞬间

白昼萎靡不振，

冬夜降临得早。

像倾倒了一桶墨，

天色说黑就黑了。

在这昼夜交接之际，

路灯将亮未亮之时，

正在小城外行走的我，

不免有些茫然。

靠飞驰的汽车灯光引路，

可晃动的强光令我目炫。

远处的光，是流萤，是车灯？

更远处的亮，是星星，是高楼？

这一瞬间我突感迷惘，

失去老人的胸有成竹，

变得像孩子一样无所适从，

似乎难以判断归去的方向……

（2016-12-14）

无题

暖气一停，

我最大限度地打开了窗户。

对面楼房在做同样的动作。

乍一看像正摘下眼镜，

眼睛瞪得大大的。

难道对方想将我看透?

说实话,

此时我也想把对方看穿……

(2016-04-07)

冷是什么

冷是什么?

冷是缜密的包装推广者,

而且卓有成效。

它甚至不用广告语,

就营造出一种氛围:

人人都不能无动于衷,

人人都付诸行动,

用棉、皮、毛之类织物,

将自己包装成模特。

连那些穿比基尼走秀的人,

也只得转型参与其中,

混为一谈……

(2016-11-24)

霓虹灯下漫步

似云霞飘落的梦幻,

如彩虹泄漏的余辉？

像百花远去的倩影，

犹仙女抖动的羽衣？

目睹霓虹的绚丽，

宛若生活的多彩旖旎。

看到霓虹的闪烁，

如同生活的变幻莫测。

时间稍长，

竟有些恍惚：

我究竟漫步在霓虹灯下，

还是遨游在繁复的生活里？

（2016-05-29）

树前寻思

我当然喜欢姹紫嫣红，

感情却偏向绿叶。

虽然鲜花绚丽斑斓，

但绿乃生命之树的基色。

虽然我倾情绿叶，

但丝毫不敢轻视枝节。

它和绿叶组成树冠，

才可享受阴翳的愉悦。

既然连枝节也不忽视，
自然深知树干作用独特。
如果没有树干的支撑，
树冠岂不成空中楼阁？

斑驳的树干历尽沧桑，
默默的根却不问岁月。
深扎土地辛勤地劳作，
意在与无本之木一说诀别……

（2016-04-19）

白杨

我喜欢你初夏的装束，
一袭优雅明亮的浅绿。
联想古代竹简的史册，
一串串枝叶宛如诗书。
氤氲淡淡的书卷气息，
俏丽的才女呼之欲出？

我曾不介意你的冬装，
尽管人们纷纷说光秃。
其实枝条像铁画银钩，
飞鸟惊蛇是模仿怀素？
与其说犹似少年任性，

更像一才子在逞风流……

（2015-05-20）

柳影遐思

贺知章做腻了诗人，
兼职搞起了服饰。
他用春风这把剪刀，
独具心裁以柳为模特。
推出素面朝天的反时尚设计，
在姹紫嫣红中居然反响热烈。

李白来不及写红楼梦，
却赋予柳以林黛玉的性格。
弱不禁风，
年年柳色；
多愁善感，
灞陵伤别。

介子推最终以柳为归宿，
难道他流淌柳的血液？
遗诗塞在柳树洞里，
清明二字凝集他的心血。
因这正是大众的追求，

于是世代有了清明佳节……

（2016-04-06）

柳丝

你是春天飘扬的旗帜，
撑旗的少年飞马而至。
铿锵的春雷壮其行色，
庄严地宣告一元复始。

你是春天摇曳的裙裾，
展示春姑娘曼妙舞姿。
春风轻柔地唤醒花草，
万紫千红将山河装饰。

你是春天缠绵的乡愁，
丝丝缕缕如泉涌不止。
纤纤雨丝也渗透融合，
春意和美丽相扣交织……

（2015-04-19）

关于桃

那棵桃树，

种在逝去的岁月。
它的果实，
遗留历史的筵席。
只有桃花，
成为不灭的记忆：
灼灼其华，
片片落英；
不尽的惆怅，
青涩的回味……
（2015-05-15）

树叶

当春雨点缀了点点新绿，
当春风裁剪出我的窈窕，
那时我还觉得自己幼稚，
却引领一个季节的风骚。

如果只是孤立飘摇于世，
难免也会感到卑微渺小。
但有无数伙伴相伴相依，
装点世界俨然变得妖娆。

经历无数次风雨的洗礼，
如今风采不再容颜衰老。

淡淡红晕岂敢比二月花?
但生命也有自己的味道……

（2015-08-23）

绿叶

当寒意渐退冰化雪消，
和暖的春风把你相邀。
片片新绿偕万紫千红，
装点了春的烂漫妖娆。

你和枝引来万木峥嵘，
大地掀绿浪夏涌碧涛。
当骄阳似火酷暑难耐，
又架构绿荫任人逍遥。

金风送爽你纵情飘摇，
硕果累累传丰收喜报。
枝条乐得笑弯了腰肢，
你乘兴穿上红色旗袍。

严冬是一个暴戾小人，
对你竟动用霜剑风刀。
你与枝惜别悄悄耳语：
请君抖擞迎来年春潮……

（2016-11-28）

树叶的幻想

叶子一辈子呆在树上，
心里也藏着美丽的幻想。
大家了解它的心事，
都纷纷前来献计帮忙。
秋风说，我可以带你旅行，
或举行一次舞蹈的狂欢。
秋霜说，旅行要准备行装，
舞蹈要稍作化妆。
秋霜刚刚为它施以粉底，
叶子就羞涩似花儿一样……

（2016-11-03）

随风而逝

树叶随风而逝，
树冠不免感伤。
需知依依惜别，
是为迎接新生？

树叶悄悄坠落，
枝条神态黯然。
需知暂离缠绵，

是为爱的新颜?

(2016-12-02)

叶和风

轻轻一缕风,
袅袅一片叶。
相识关乎四明狂客,
当然也是冥冥中的选择。

叶为风舞蹈,
风教叶奏乐。
相爱在这浪漫的夜,
沐浴着如水的溶溶月色。

叶为风浓妆,
风带叶飞跃。
相别却在乐极时刻。
难道是为爱的升华超越?

(2016-12-06)

红叶

传来一声轻轻的叹息,
来自树上的那片红叶?

我顿时感到有些愕然，
向她投去困惑的一瞥……

她说她饮了秋的酒浆，
酩酊大醉而面红耳赤。
继而应邀赴霜的约会，
直到现在还有些羞涩……

我听后不禁哑然失笑，
难道叶也有两情相悦？
重新打量后暗暗称奇：
这丫头果有几分姿色……
（2015-10-26）

树根

让花尽展风流纵情怒放，
让叶舞动裙裾迎风摇曳。
让枝无拘无束自由伸展，
让干堂堂正正昂然挺立。
盘根错节不愿抛头露面，
同一血脉彼此相互维系。

花儿零落成泥深情拥抱，
叶落归根招之周围偎依。

如何安抚傲霜凌雪的枝?

通过主干传递殷殷细语。

树根像体贴入微的家长,

此时引领全家共迎冬季……

（2016-10-25）

枝桠

延伸屹立主干,

致意飘逸云霞。

思念树下根须,

感恩大地妈妈。

宠幸娇妍花朵,

引发烂漫春华。

支撑无穷绿叶,

阴翳千万人家。

高擎累累秋果,

欢乐泱泱华夏。

傲对严冬霜雪,

迎候来年新芽。

自由自在伸展,

恣意纵情分杈。

赞美玉树临风,

岂可遗漏枝桠?

（2016-11-25）

这里花儿还未开放

这里花儿还未开放，
宛若待字闺中女郎。
春雨洗她容光焕发，
春风撩她心旌荡漾，
淡雾为她披上轻纱，
静候蜂儿低吟浅唱……

这里花儿还未开放，
犹似待掀盖头新娘。
薄薄屏障令人好奇，
议论纷纷猜度围观：
盖头藏着天仙容颜，
还是无限美好春光？

这里花儿还未开放，
人们几多期许思量：
即将登场桃红李白，
抑或亮相魏紫姚黄？
希望成为春天童话，
带来春天盛宴狂欢……

（2015-03-13）

落英纷纷

早日欣赏杏花绽开，
我也随之心花怒放。
如今看落英纷纷，
不免有些失落惆怅……
花瓣如雨坠落下来，
一片片轻轻打在脸上，
似悄悄地耳语：
生命的过程大致一样，
只是花儿错按了快键，
人则是慢动作播放……
我听后若有所悟：
原来过程的快慢，
决定了生命的短长。
但两者孰为佳境？
还得仔细思量……

（2016-04-21）

赏梅感怀

为什么梅花备受人赞赏？
因她格调高雅傲雪凌霜。

梅花力驱冬之单调枯燥，
我行我素显示疏影暗香。

为什么梅花得到人喜欢？
因她极力展现生命辉煌。
梅花宛若漫漫人生快板，
人生则是梅花悠悠慢放。
（2017-02-27）

冬之草

当翡翠的绿代之以金子的黄，
土壤中的根为谁辛苦为谁忙？
朔风劲吹草不得不匍匐地上，
但也有桀骜不驯者翘首昂扬。
乍看起来形态狼藉有点萧瑟，
仔细观察气神未倒尚存雄壮。
试看来年春风送暖冰化雪消，
一夜之间铺天盖地新绿新装……
（2016-12-01）

小草又绿了

庭院的小草绿了，
从残留的枯黄中

长出了嫩绿。

路旁的小草绿了，

从湿润的土地里

冒出了鹅黄。

本以为残存的枯黄，

意味着小草的死亡，

怎知它只是收敛锋芒。

本以为消失的小草，

已经被泥土埋葬，

怎知它是在积蓄力量……

面对新生的小草，

不亚于对姹紫嫣红的赞赏……

（2016-04-18）

露与草

漫漫长夜哪是尽头？

飘飘忽忽何处归宿？

不经意间与草邂逅，

无需语言洒下泪珠……

尽心尽意编织碧绿，

柔弱卑微谁曾瞩目？

出乎意料甘露眷顾——

生命有了掌上明珠……

（2015-08-13）

邂逅流萤

昨晚郊路踽踽独行，
偶然邂逅一只流萤。
在我耳根绕来绕去，
要讲罗扇银烛画屏？
我说那是唐代故事，
杜牧与今相距甚远。
谁知它竟不肯飞走，
忽明忽灭诉说离情。
顿时忆起童年伙伴，
常常陪我眺望夜空……
（2016-06-23）

蚕

吐丝了，
作茧了，
自缚了，
沉寂了。

丝断了，
情未了，
死亡了，

新生了。

（2017-02-07）

蜘蛛（回文）

排遣胸中不尽的情愫，
编织一张阵列的罗网。
岂能只是为捕获猎物？
更展生命的风流倜傥。

更展生命的风流倜傥，
岂能只是为捕获猎物？
编织一张阵列的罗网，
排遣胸中不尽的情愫。

（2017-02-06）

路旁的花

路旁的花从容。
不如阳台上的花娇嫩，
没有花展中那种故作姿态。
随遇而安。
人来人往，
看作一种缘。

路旁的花匆匆。
不像幽谷花那样孤芳自赏，
没有园林花前的人潮蜂拥。
淡定自如。
花开花谢，
只是一阵风……
（2016-05-26）

路旁的灯

阳光普照，
晚上却闭门不出。
你使出浑身解数
延续白昼。

天女散花，
你撒下却是音符。
光线编排五线乐谱，
振奋行人跨越不平崎岖……
（2016-05-24）

路旁的小草

前方车水马龙，
尽是些来去匆匆的过客。

路旁的小草茫然若失，

感叹不知尽头的高速高铁。

背后灯红酒绿，

一个五光十色的世界。

路旁的小草身处一隅，

度着平淡而短暂的岁月。

（2016-06-23）

路旁的白杨

路旁的白杨，

一副帅哥模样。

把宽阔平坦的马路，

认作风情万种的姑娘。

暑去寒来，

夜以继日，

长相厮守，

偎依在她身旁。

路旁的白杨，

一派伟岸的形象。

把浩瀚无垠的蓝天，

视作自己终生的向往。

挺直脊梁，

向上生长。

蓝天动情，

遣云绕杪歌唱。

路旁的白杨，

一双睿智的目光。

把绚丽多彩的远方，

当作永远追求的理想。

沿着道路，

延绵伸展，

攀登跋涉。

有志者前程无量……

（2016-05-19）

小桥

溪水蜿蜒，

由南向北。

乡路崎岖，

自东而西。

小桥与两者关联，

它们在小桥交会。

乡路驻足，

赞叹溪水的澄澈秀美。

溪水举头，

将乡路影像留在心里。

相聚小桥，短暂一瞬，
却是永远的因缘际会……
（2017-04-11）

长城

长城是条蜿蜒灵动的江河，
流淌中华民族的殷殷血液。
血液里蕴藏着华夏的基因——
勤劳善良英勇不屈的品格。

长城是道绵长凸显的印记，
延绵万里的娟秀阳文篆刻。
神州是极精美的山水画卷，
印玺闲章令丹青添彩增色。

长城是条盖世无双的项链，
崇山峻岭是一个个环节。
宛如一条闪光铮亮的金线，
将散落在大地的翡翠连接。

长城是根叶蔓繁茂的青藤，
召唤着炎黄子孙凝聚团结。
拧成一股绳不断进取攀登，
共创民富国强的宏图伟业。

长城是条饱经沧桑的巨龙，

曾经的灿烂苦难进入史册。

如今正全神贯注中国梦想，

谱写一曲重造辉煌的赞歌……

（2015-08-27）

南海

南海之波清兮，

倾注我的情。

南海之浪浊兮，

牵动我的心。

（2016-08-18）

春天开放的第一朵花
——献给中国诗词大会

在这个美丽的春天里，

你是争先开放的第一朵花。

你有天上仙女的神韵，

蕴含经典诗词的典雅。

散发浓郁的泥土气息，

采撷了日月精气朝露烟霞。

在这个温暖的春天里，
你是最早涌现的一支奇葩。
似曾相识令我怀旧，
感念岁月悠悠而潸然泪下。
新颖和娇媚令我遐想，
赞美盎然的春意生机勃发。

（2017-02-14）

又读陶渊明

让岁月的江河逆行倒流，
返回古代东晋那段时光。
任思绪的小鸟腾空遄飞，
翱翔于畴昔的江南柴桑。
这里有傲然孤峙的庐山，
这里有恣意奔泻的长江。
这是你始终眷恋的家园，
这是你归隐耕耘的土壤……

越过一千五百余春秋啊，
南风送爽捎来浓郁酒香！
此时你正醉眼朦胧乜斜，
抑或烂醉如泥仰卧石上？
在辞典里酒徒似是贬义，

你却是被人理解的醉汉：
全醉为逃避丑恶的现实，
半醒常常喷涌班马文章……

经久不败的漠漠菊花啊，
弥漫着陶醉诱人的芬芳！
吟咏"采菊东篱下"的名句，
感受"因风传冷香"的清爽。
秋菊"不同桃李枝"的风采，
是否勾勒出你气质形象？
实至名归九月花神美誉，
连同爱菊诗人高雅桂冠……

斑驳陆离的岸边垂柳啊，
昭示悠悠岁月的沧桑！
你以五柳先生作为名号，
柳丝似的柔情藏于胸膛。
然而岂能为五斗米折腰，
委身腐败堕落宦海官场？
面对丑陋不堪世俗罗网，
理所当然挺立正直脊梁……

于是毅然抛弃乌纱归隐，
种豆采菊饮酒抒写吟唱。
你尽情地享受田园山水，

你淋漓地痛斥腐朽黑暗。
此时重温你的田园诗篇，
深感"平中蕴奇，枯木茂秀"；
此地再读你的饮酒组诗，
倍觉"旨趣遥深，兴寄多端"；
……

时光倒流终究只是虚幻，
思绪小鸟不能长留柴桑。
你一东晋穷困潦倒文人，
为何深入人心难以遗忘？
因为田园诗篇实在美妙，
刚正风骨更是令人敬仰！
此外世俗丑陋如此顽固，
感叹之余不禁将你怀想……

（2015-03-30）

致天国里的祖母

昨天我立于窗前，
眺望浩瀚的长空。
多么宽广的胸襟，
难道是祖母驾临？
温暖明媚的阳光，
是你灿烂的笑容。

满头飘拂的银发，

化作了缕缕白云。

永远的和颜悦色，

如今成习习春风……

我不禁惊喜若狂——

一切似乎在梦中！

昨夜我立于窗前，

凝视渺渺的夜空。

多么皎洁的清辉，

难道是祖母尊容？

圆月被压成弯月，

因你的恩情太重；

不停闪烁的星星，

那是你牵挂深沉；

时隐时现的天籁，

似你反复叮咛……

我不禁潸然泪下——

祝天国祖母安宁……

（2015-05-11）

缅怀母亲

分明水月镜花，

却盼经常进入梦乡。

因在那里，才可重睹
母亲活生生的形象。

深知虚无缥缈，
却期待真有灵魂。
因为这样，方能解释
为何感觉母亲常在身旁？

亦感海市蜃楼，
却希望有个美丽的天堂。
让劳累一生的母亲，
无忧无虑地安息，获得安详……
（2016-05-08）

我们是油榨下的孩子

我们是油榨下的孩子，
那里是我们神圣的出生之地。
那里有秀美的山，
那里有澄澈的水。
沧海桑田，
烟灭灰飞。
只有零碎的影像，
残留在我的心里。

我们是油榨下的孩子，

那里是我们小时的生活之地。

那里留下手足的情，

那里播下纯洁的爱。

斗转星移，

物非人非。

只有难舍的亲情，

成为永恒的记忆。

（2017-05-13）

后记："油榨下"是一个村庄中一个屋场的名称，是我们兄弟姐妹的出生地和小时生活的地方。如今它发生了翻天覆地的变化，我们也都是耄耋老人了。

石头

我本地层的一块石头，

能见天日缘于开采。

人们将煤炭燃烧取暖，

我与矸石则置野外。

岁月磨砺没使我圆润，

风吹雨打也未变白。

我希望前去修桥筑路，

也想参与建设楼台。

奇迹现于时代熔炉，

出来竟成玻璃穿戴。

全身心豁然晶莹透亮，

似玻璃般坚定情怀。

"脆"遗传给我如履薄冰，

忧患如影与身同在……

（2016-02-16）

纸

当置于橱柜底层的时候，

我希望栖身高处。

当移至橱柜顶层的时候，

我幻想展翅飞翔。

当主人取一张纸糊风筝，

我不满意线绳的羁绊……

后来我被写满诗行，

后来我被印刷书本。

突然发现可穷尽千里，

因为我有了睿智的目光。

还能自由在蓝天翱翔，

因为我有了矫健的翅膀。

甚至容纳整个天下，

因为我有了宽广的胸膛……

（2016-09-10）

春节

你是一道靓丽的风景，
一幢时间河畔的华屋。
炎黄子孙漂泊的驿站，
处处充满着中国元素。

你是一个有趣的节点，
维系岁月轮回的节奏。
划上上一循环的句号，
重新启动春夏的重复。

你是一枚奇异的果实，
长在中华文化的大树。
拥有华夏民族的基因，
浓郁的亲情陶醉神州。

（2017-01-10）

元宵的灯笼

元宵的灯笼高高挂起，
宛如天边云霞般美丽。
为了烘托皎洁的月亮，
施展五彩缤纷的魅力。

元宵夜红彤彤的灯笼，

凝聚故乡温暖的情意。

在这春寒料峭的晚上，

营造出热气腾腾氛围。

元宵夜明灿灿的灯笼，

汇聚亲友惜别的希冀。

照亮游子漫漫的路程，

追寻游子留下的足迹。

（2017-02-13）

立春

我的一只脚踏进春天，

一只脚仍留在冬季。

我一半身子似在回暖，

另一半却仍感寒意。

我的脑子开始了憧憬，

同时也在进行回忆。

我的心正慢慢苏醒，

却未完全摆脱沉睡……

（2016-02-24）

猴年

你是
中华孕育的猴!
情系神州,
定期拜祖。
轮回值勤,
一丝不苟。

你是
业已成仙的猴!
火眼金睛,
识魔辨丑。
爱憎分明,
嫉恶如仇。

你是
我心寄托的猴!
你腾云驾雾,
祈华夏腾飞。
你神通广大,
冀强军御侮……

（2016-02-02）

猴趣 （一）

追溯到很久很久以前，
人和猴子祖先原本同源。
大自然似对一方有更高的期待，
让人的祖先遭遇了许多磨难。
人的祖先虽委屈但不厌其烦，
由演化的渐变积累产生了质变。
猴的祖先是大自然的宠儿，
因而得到比较优越的条件。
进化的结果是变化较小，
所以保留较多原始的容颜。
休论谁更不幸谁更有幸，
但猴子和人却是渐行渐远……

（2016-02-07）

猴趣 （二）

莫笑猴子捞月亮，
浪漫诗情在飞扬。
李白江边也捉月，
足见此举不荒唐。
不做落井下石者，
恻隐之心颇善良。

倒挂金钩于树枝，
群策群力闪光芒。

（2016-02-09）

写给旧岁

你是一支开弓欲放的冷箭，
即将飞向历史长河的箭靶。

你是初冬飘落第一片雪花，
等待坠地之后的迅速溶化。

你是小溪一去不返的流水。
正奔向大海寻求蜕变升华。

你是一只逃离牢笼的小鸟，
谁能抓住向往自由的尾巴？

（2014-12-24）

新年，你好

你是一阵风，
轻轻，
清清，
新新。

你是一朵云，

悠悠，

柔柔，

翩翩。

你是一缕霞，

灿烂，

绚丽，

缤纷。

新年，

你好！

（2016-01-01）

今天

今天曾是美丽的梦幻，

今天将成缠绵的往事。

今天曾是翘首的期待，

今天将似烟随风而逝。

今天是你迎来的明天，

今天即将成你的昨日。

（2016-11-14）

昨天

昨天是一朵洁白的浪花，
在一张照片上定格，
背景是时间长河。

昨天是一个失能的分子，
坠落于"跑道"一侧。
无数落伍者构成逝去的岁月。

昨天是一张五彩的印刷品，
散发着淡淡的油墨香。
它是历史最新的一页。

（2016-05-03）

拾珠串链

元旦在喜庆中驾到，
新年钟声渐行渐远。
在空际萦绕的余音，
逐渐衰减坠落地面。
"掷地有声"迸发出火花，
化作撒落的珍珠一片。
也许是珍珠有意为之，

迅速藏匿起来不肯露脸。
元旦之后的日子都很平常，
关键需要有心善于发现。
倘若每天拾到一颗珍珠，
就能串成一串项链……

（2017-01-03）

人生

沿着时间的长河流淌，
在岁月活水溅起浪花。
一泓淙淙清泉，
奔突到无垠中融化。

素雅的颜色从浓到淡，
柔曼的身段由小渐大。
一缕袅袅炊烟，
飘逸到浩瀚中散发。

（2016-12-26）

人生苦短

人的寿命约百年，
要比花草长得多。
但可能由于幼稚，

大把光阴无形中消磨。

如果过于任性，

美好年华也会无度挥霍。

人有时身不由己，

不得不随波逐流，

折腾之中，

任凭岁月蹉跎……

长年累月的积淀，

显现"人生苦短"四个字，

似乎都这么说……

（2016-03-07）

人生苦短续

道人生苦短，

总比野草长。

野草周期不足年，

力给大地披绿装。

叹人生苦短，

总比昙花长。

昙花生命仅一现，

秀出惊艳压群芳。

哀人生苦短，

总比闪电长。

闪电一闪引霹雳，

惊天动地正气扬。

（2016-03-08）

人生苦短和来日方长

人生苦短和来日方长，

是一对孪生儿。

就像线段的两端，

拴在一个人身上：

年少时以为来日方长，

年老了感到人生苦短；

展望时似乎来日方长，

回顾时方知人生苦短；

别人恭维说来日方长，

自己警醒知人生苦短……

说人生苦短，

不要因此而纠结沉沦，

是提醒人们珍惜美好时光。

说来日方长，

是督促人们奋发向上……

（2016-03-11）

感怀

少年不知贫与愁，
摸爬滚打嘻小河。
青年品读爱与情，
为伊消得容失色。
中年太多是与非，
焦头烂额穷应接。
如今鬓发霜与雪，
涛声渐远空对月。

（2017-02-16）

有些……

有些事情，
像一场雨。
既是滋润，
却又在洗尘。

有些时候，
像一朵云。
飘逸一瞬，
成过眼云烟。

有些经历，

像一阵风。

吹拂之后，

便了无踪痕……

（2016-01-27）

忽然想到生命轮回

忽然想到生命轮回，

若来生注定成鲜花一族，

如何在万紫千红中，

选择能感恩人世的归宿？

选气质高雅的荷花？

亭亭玉立水光潋滟西湖。

用给人愉悦的红艳，

点缀接天莲叶无穷碧绿。

选热情奔放的桃花？

虽然普普通通却不低俗；

年年岁岁笑傲春风，

给予失落人儿心灵安抚。

就具哲理的杏花吧！

变色用以诠释人生之路：
既有红红火火登场，
更有清清白白圆满谢幕……
（2015-04-13）

老了，也好

离莫测江湖，
少了是非纷扰。
断名利束缚，
告别嘈杂喧嚣。
"超然万里去"。
老了，也好。

远滚滚红尘，
避开莫名烦恼。
一片面包就饱，
一杯清茶醉倒。
"淡然常有怡"。
老了，也好。

亲近大自然，
淡化许多思考。
观花开花谢，

静览涨潮落潮。

"悠然见南山"。

老了，也好。

眼花翻书少，

只读圣贤诗稿。

昨看人脸色，

今与苏辛调笑。

"飘然若流星"。

老了，也好……

（2016-03-14）

自画像

江南水乡

纵横交错的沟壑，

几时经微缩贴在脸庞？

我的脑袋，

何时起奇迹般放大，

将不化的雪山顶在头上？

原本矫健如飞，

如今演变成步履蹒跚。

这是跋涉中对坎坷的记忆，

还是攀爬时对泥泞的伤感？

如影相随——

影其实也不忠诚。

随着身体的走形，

身影也呈现扭曲模样。

只有名字不改，一如既往，

仔细想来又与躯体并不相干……

（2016-06-06）

古 韵 悠 悠

早春（三首）

（一）即景

温婉和风渐，
霏微细雨来。
艳阳驱雾散，
翠鸟唤花开。

（2016-02-29）

（二）庭园

轻烟带雨绘春光，
乍暖还寒却倒忙。
未见庭园花露脸，
然觉草木正梳妆。

（2017-02-17）

（三）翻拍古诗句

群鸭戏水暖春江，
垂柳经风叶细长。
数朵桃花竹映衬，
一支红杏越围墙。

（2017-02-08）

春夜

繁星伴月耀长空，

垂柳摇风乱影容；

隐约可闻蛙鼓闹，

群芳犹醉卧闺中。

（2015-04-26）

春景

山梳雾鬓套花衣，

水溢春池泛碧漪，

破土而出竹笋翠，

忘啼赏景俏黄鹂。

（2015-02-14）

与春心语

犹如彩练舞长空，

来去匆匆若梦中。

万紫千红观不厌，

明年此际再相逢。

（2016-04-29）

春经洗礼更峥嵘

浓雾散去顿轻松，

细雨飘来理面容。

经典始终红配绿，
春经洗礼更峥嵘。

（2016-04-17）

春声

莺歌鹂啭燕呢喃，
溪水哗哗似撒欢。
震耳新雷怀万感，
无声春雨写千言。

（2017-04-13）

春日即景

灼灼满目花，
笑貌似流霞。
袅袅一排柳，
芳春亮秀发。

（2017-04-11）

春梦

几树桃花秀丽质，
数株垂柳抖青丝。
长长春梦缠绵后，

冉冉朝阳烂漫时。

（2017-03-31）

春天的色彩

桃红李白最先开，
魏紫姚黄款款来。
绿柳碧丝摇翠浪，
蓝天云彩赴丹台。

（2017-03-27）

春天的韵味

姹紫嫣红映绿茵，
楼台山岭绕烟云。
忽晴忽雨出奇美，
草木含情掩泪痕。

（2017-03-29）

江南孟夏将临

雾散烟消景近，
红残绿沁春深。
脑海犹传蛙鼓，
江南孟夏将临？

（2016-04-26）

立夏感怀

全神贯注众芳姿，
忽报迎来立夏时。
樱笋饯春嗔尔短，
镜中头顶类银丝。

（2015-05-06）

夏

骄阳主宰夏风流，
赞美蝉歌不止休。
昼夜蜻萤交替舞，
铿锵蛙鼓续千秋。

（2016-08-03）

咏夏

君之魂魄乃骄阳，
奔放激情辣妹装。
夏雨淋漓诗韵味，
绿茵幽草胜花香。

（2015-05-20）

秋晨即景

啼鸟将晨曦唤醒，
阳光把淡雾撩开。
远山呈几分慵懒，
人少都急促去来。

（2015-08-28）

秋夜

夜间庭院尽秋风，
枝叶飘摇飒飒声。
仰望月高天更远，
家乡应更远一程？

（2015-08-16）

秋夜观柳

垂柳娉婷次第排，
竟然跃跃欲登台。
赏观仅我和明月，
袅袅枝条拂面来。

（2015-08-17）

秋韵

风清云淡水淙淙，
橘绿橙黄叶渐红。
洗净铅华呈素雅，
商秋丰韵显香浓。

（2015-08-20）

秋光

绿叶镶黄色，
金秋结硕果。
高天有远怀，
大地呈寥廓。

（2016-08-21）

秋色吟

橙黄橘绿舞金风，
水蓝枫红掩紫藤。
青草趋枯留黑土，
白云渐淡漫苍穹。

（2016-10-11）

荷池秋色

无神莲叶色憔悴，

失意蜻蜓绕水飞。

澄澈荷池忙摄像，

缠绵双燕感别离？

（2016-08-31）

忆中秋色

黄橙绿柚挂庭前，

彩蝶胡蜂绕树间。

碧水青山红土地，

金风紫气瓦蓝天。

（2016-08-23）

秋雨

谁说周密串珠帘？

更似殷勤钉栅栏！

阻吓嚣张秋老虎，

迎来凉爽素商天。

（2016-08-16）

秋雨过后

一场秋雨见天凉，
狼狈行人不及防？
本是千人千面孔，
加之各色乱衣裳。

（2015-09-12）

初秋漫步

清早流连马路边，
似闻树叶闹喧喧。
露珠犹泪凝花草，
阡陌相逢也是缘。

（2015-08-11）

初秋观荷

秋到荷花异样红，
临别却似更情浓。
憔悴容貌存风韵，
脱颖莲蓬露笑容……

（2015-08-12）

初秋观燕

一双燕子立枝头，
耳鬓厮磨爱意稠。
谁可言诠斯鸟语——
回溯王谢议南游？

（2015-08-12）

秋渐深

昼仍炎热夜觉凉，
天近纯蓝地渐黄。
何以应酬局势变？
秋风草木正商量。

（2015-09-20）

秋晚

秋风忽怒读宣言，
向晚匆拉夜幕帘。
兵马喧哗难觅影，
街灯偷笑报平安。

（2016-10-28）

晚秋如画

红叶描秋晚，
黄花染色浓。
风轻云散淡，
霜重草凋零。

（2016-10-26）

晚秋

时临秋杪地苍凉，
咸俯蛰虫草木黄。
莫怨风刀霜剑狠，
缺斯磨砺少阳刚。

（2015-10-27）

冬至喜雨

晨闻珠落玉盘声，
风雨冬节柳月晴。
预兆吉祥情绪好，
心花呼唤百花红。

（2016-12-23）

冬之小桥

水瘦势潺湲，
溪寒状蜿蜒。
柳垂形低落，
桥小气昂然。

（2016-12-10）

风雨冬夜

三更梦戏演人生，
五味攻心入剧情。
雨打玻璃锣鼓点，
风吹窗户管弦声？

（2016-12-05）

寒冬月夜

月华秃树也风流，
运笔枝丫韵味稠。
凤翥鸾翔怀素体，
银钩铁画瘦金书。

（2015-12-30）

冬夜朦胧

朦胧冬夜间风吁，
蛇影窗边复卷屈？
擦拭玻璃来细看，
秃枝恶作剧一出。

（2015-12-30）

咏月（一）

才展芳容即躲藏，
婵娟云里耍花枪。
欲言又止中秋事，
美景良辰配盛装。

（2016-09-10）

咏月（二）

天空意外转灰蒙，
昨夜无缘睹月明。
谁料婵娟飞梦里，
珠光宝气更雍容。

（2016-09-11）

咏月（三）

月华如水水溶溶，
四野沉沦大海中？
缟素银辉犹日昼，
说犹日昼却朦胧。

（2016-09-12）

咏月（四）

天悬明月映清秋，
影掠桥头逐水流。
万缕千丝摇细浪，
斯情此景惹乡愁。

（2016-09-13）

咏月（五）

秦时明月汉时关，
倾倒一名懵少年。
人已古稀双鬓雪，
婵娟风采俏依然。

（2016-09-15）

姗姗而来

世代魂牵绕，
千年诗不绝。
姗姗正复来，
朗朗中秋月。

（2016-09-09）

二泉映月

阿炳闻名自二胡，
惠山灵水有神游。
嫦娥来伴翩翩舞，
琴曲随泉汩汩流。

（惠山有泉曰天下第二泉）

（2016-09-17）

卢沟晓月

卢郎晚娶崔家女，
沟壑清流享太平。
晓雾七七逢事变，
月光八载不澄明。

（2016-09-16）

晨景

啁啾一啭划星空，
渐见晨曦雾霭中。
马路街灯疲惫态，
朝阳抖擞露雍容。

（2015-07-07）

冬晨即景

车稀路静少人行，
放眼清晨见懒慵。
朝日欲出还懈怠，
轻烟似散复朦胧。

（2016-10-05）

望天

入夜临窗望夜空，
忽闻蛙鼓两三声。
寻思坐井观天语，
强指蛤蟆太不平。

（2017-04-18）

望云

蓝天点缀数团云，
飘逸恬淡绾素身。
借问何时翻黑脸，
江南雨巷又温馨？

（2017-04-17）

望雨

轻雷召唤颤心房，
忽忆前身属海洋。
天上云间终是客，
纵横飞泪返家乡。

（2017-04-16）

昨天之雨

日隐风狂野，
云乌宇晦蒙。
夏官轻叹气，
小雨大雷声。

（2016-07-27）

观雨

溅玉跳珠起始时，
渐临佳境变银丝。
一帘幽梦思绸缎，
纬线空缺怎可织？

（2016-07-16）

露

珠圆玉润且晶莹，
韵雅质纯巧性灵。
托付终身于草木，
招来叶眼泪盈盈。

（2016-10-20）

霜

李白疑将月作霜，
秋霜能否视蟾光？
此君生性如冰冷，
恐寄情怀带感伤……

（2016-10-20）

雪，冬之诗

朔风作笔涌情思，
冷雨濡毫备墨汁。
撷采飘零枯树叶，
写成奇美雪花诗。

（2016-12-09）

初雪

犹闻风里鼓锣音，
不见台中演艺人。
天上派来林妹妹，
翩翩起舞降凡尘。

（2016-11-22）

咏雪

如琼似玉貌晶莹，
胜钻超珠性碧清。
不像珍奇攀富户，
寒英博爱视苍生。

（2016-11-23）

看电视北方大雪

银装素裹净白身，
玉佩琼花理鬓云。
不止江南单秀丽，
北国同样俏佳人。

（2016-12-15）

星星

苍穹浩瀚亮星多，
各有传奇自不说。
兴许见余常仰望，
频频眨眼递秋波。

（2015-12-13）

仲冬暖阳

冬差风雨打前锋，
日以温情作缓冲。
冷暖互生还互克，
宽严相反亦相成。

（2016-12-04）

冬云

时淡时浓绘碧天，

由高而低访人间。

恰逢落叶归根下，

耿耿于怀绕树尖。

（2016－11－18）

西湖天下景

水水山山明且秀，

晴晴雨雨好而奇①。

观鱼②夕照③名今古，

印月④平湖⑤誉中西。

（2016－09－19）

①杭州孤山西湖天下景亭有"山山水水处处明明秀秀，晴晴雨雨时时好好奇奇"的对联。

②花港观鱼，西湖十景之一。

③雷峰夕照，西湖十景之一。

④三潭印月，西湖十景之一。

⑤平湖秋月，西湖十景之一。

海

三分大地作思量，

其二无疑属海洋。

人类情钟生爱恋，

妖魔觊夺变疯狂。

（2016-10-21）

咏海

心能广纳始无穷，

腹有珍藏百媚生。

滴水平凡寓伟大，

瞬间宁静酿翻腾。

（2016-10-21）

海浪

问君可见水筑墙？

起伏延绵不尽长。

拍岸碎成一地玉，

前赴后继颇风光。

（2016-10-16）

浪花

花开花谢不需栽，

潮落潮生径自开。

不舍暑寒和昼夜，

风情万种走 T 台。

（2016-10-17）

冬之浪花

跳珠溅玉貌妍娇，

喷雪飞琼气势豪。

冬季群芳皆散尽，

浪花持续倍妖娆。

（2015-11-30）

涛声

正言厉色读宣言，

王者威严任尔传。

大海蛟龙多喟叹，

悠闲还要弄歌弦。

（2016-10-18）

海滨元宵夜

波涛起伏海含情，

浪戏沙滩隐现形。

入夜华灯初闪耀，

此时明月共潮升。

（2017-02-11）

春潮带雨

春潮带雨伴涛声，
时近黄昏渐晦蒙。
大海无风三尺浪，
为何此际最关情？

（2016-03-22）

孟夏海滨小景

骄阳坠落水晶宫？
鸥鸟鸣声绕海空。
云絮丝丝抛媚眼，
琉璃闪闪展娇容。

（2015-05-30）

海滨秋色

海天不约色同蓝，
白浪邀云赏白帆。
送爽金风捎片叶，
涛轻秋浅溢沙滩。

（2016-09-02）

海之冬

天频颦蹙躲云层，
地露憔悴倦意生。
惟海入冬仍淡定，
浪花照放伴涛声。

（2015-11-30）

观海

水连天处雾朦胧，
浪打船时雪碧莹。
近海粼粼织梦幻，
低空袅袅绕涛声。

（2016-10-15）

今观海，已数日未来了

数日停登望海台，
天寒自顾躲寓斋。
今观浪似悄悄语，
议论人情冷暖来。

（2015-01-21）

海滨观日出

海天连处幕帘开，
旭日豪华现舞台。
波浪充当仪仗队，
前赴后继向前来。

（2016-09-26）

黄昏海滨

黄昏一笔竟无涯，
水陆同时罩面纱。
东向海边浓雾霭，
西方天际淡云霞。

（2016-09-23）

海滨夕照

红衫红履映红霞，
白浪白帆约白发。
碧水碧空犹碧玉，
黄昏黄海踏黄沙。

（2016-09-06）

月夜海滨

白浪投怀去，
黄沙送抱迎。
潮生潮复落，
月晦月重明。

（2016-07-30）

所思

君南吾北路途遥，
所幸都能望海潮。
同把目光投远处，
水连天处或相交。

（2015-10-05）

望海空

浩瀚无垠且瓦蓝，
海空乍看显威严。
淡云几缕谋集聚，
半天过去亦枉然。

（2015-10-05）

即景

山岭烟岚里，

楼台雾霭中。

海天温霁色，

花草媚娇容。

（2016-03-20）

海之忧思（二首）

（一）台海

西邪霸占万余天，

东毒强侵五十年。

当下海峡肠梗阻，

统一之梦几时圆？

（二）南海

因为鸠占鹊巢频，

方有鸥发愤怒音。

浑水摸鱼怀叵测，

仲裁把戏蛇蝎心。

（2015-05-25）

咏梅

暗香疏影似诗书，
交友苍松与翠竹。
冰玉雪珠当饰品，
高洁文雅自风流。

（2016-01-12）

院中杏花

院中红杏悄然开，
去岁花魂照影来？
细看形同神不似，
顿生惆怅独徘徊。

（2017-03-30）

桃花（三首）

（一）

喜见桃花烂漫开，
春迎"人面"倩魂来。
凭持崔护一名片，
岁岁风光上舞台。

（2017-04-04）

（二）

诗经见证悄然开，

人面桃花浪漫来。

竹外两三枝吐艳，

刘郎去后是谁栽？

（2016-03-23）

（三）

曾经单位后园中，

三月桃花一片红。

半世纪前离尔去，

年年惆怅付春风。

（2016-03-23）

荷

乍看荷花或普通，

天资与众不相同。

厌烦身委花盆里，

喜立滔滔碧水中。

（2015-08-30）

初临荷塘

淤泥不染性清明，

外直中通志气弘。
仪态亭亭如少女，
气质文雅似含情。

（2015-08-30）

再临荷塘

荷花凋谢剩残红，
莲叶田田露倦容。
碧藕通达频致意，
丝丝缕缕系深情。

（2015-08-29）

三临荷塘

荷花零落泛塘中，
绿叶憔悴锈色生。
别样新闻发布会，
莲蓬作麦在传声？

（2015-09-05）

四临荷塘

叶子凋枯茎傲立，
残红转眼全无迹。

彷徨讶异稍欣慰，

玉藕偎依泥土里……

（2015-09-13）

落花

脉脉含情百媚生，

偏偏遭遇雨和风。

残红铺地天凝重，

失落枝头泪纵横。

（2016-04-12）

戏代花语

一生憾事太匆匆，

尚欠缠绵不了情。

幸在春光多宠爱，

回眸身后草青青。

（2015-04-28）

咏松

巍巍屹立直凌云，

默默耕耘四季春。

密密根须扎大地，

悠悠涛韵抒初心。

（2016-11-06）

咏柏

常与苍松道弟兄，
岁寒三友却无名。
光环耀眼还遮眼，
其实严冬柏更青。

（2017-01-09）

咏柳

千红万紫百花妍，
别具一格亮素颜。
袅袅婷婷成极致，
风姿绰约舞翩翩。

（2016-04-05）

窗前秋树

风吹呈晦暗，
雨打反晶莹。
秋叶飘逸态，
别前展艳容。

（2016-09-04）

树干礼赞

顶天立地逞风流，
傲雪凌霜笑蚁蜉。
依赖根须扎土壤，
支撑枝叶写春秋。

（2016-11-02）

残枝

惊风吹落叶，
秋雨慰残枝。
绿庇苍生者，
衰还共仰之。

（2016-08-28）

咏小草

平凡莫小草，
岁岁雪霜摧。
劫后重萌绿，
头颅绝不低。

（2016-04-22）

再咏小草

小草性温良，
一生绣绿装。
匍匐于大地，
始未见头昂。

（2016-04-22）

草根

草叶逢霜冷，
其根透骨凉。
埋头扎土地，
翘首盼春光。

（2016-10-27）

仲冬题草

叶衰根不败，
此萎彼余威。
形散魂犹在，
来春梦复飞。

（2016-12-03）

野花

群芳喧闹后，
偶见野花妍。
虽是微缩版，
能窥另片天。

（2016-04-25）

小鸟

鹰隼意长天，
鸿鹄志宇寰。
情钟庭院鸟，
常与我寒暄。

（2016-04-25）

燕

冬去春回念旧情，
曾经住处育新生。
纵谈王谢堂前事，
名利浮云富贵轻。

（2015-02-27）

蝉鸣

热浪无声滚滚来，

骄阳似火漫楼台。

突然凄厉蝉鸣起，

酷暑错愕欲跑开。

（2016-07-29）

知了

长途识马好，

酷暑知知了。

愈热愈铿锵，

狂歌人醉倒。

（2016-07-30）

蜻蜓

无双蜻慧眼，

盖世蜓翅翼。

静静也清纯，

翩翩真美丽。

（2016-07-31）

尖尖角上那一停

尖尖角上那一停，
成就毕生不了情。
等到花成窈窕女，
风姿绰约候蜻蜓。

（2015-08-30）

萤火虫

轻罗小扇扑流萤，
闪闪烁烁夜放明。
每想其生只五日，
不由感叹遂生情。

（2015-06-14）

小路

春夏秋冬向远行，
风霜雨雪也兼程。
簇拥花草知多少，
谁个相陪贯始终？

（2016-12-11）

深秋白杨

池凝冰镜映长空，

草抹寒霜掩倦容。

谁个偷光杨树叶？

秃头瑟瑟冷风中。

（2015-12-23）

无题

高楼何止万千间，

诗圣祈求似已圆？

万众无忧风与雨，

人间寒士尽欢颜……

（2015-12-23）

华夏圣人相聚

道子相邀举杜康，

仲尼文圣武云长。

子长子美携逸少，

陆羽张机并药王。

（文、武、史、诗、书、画、医、药、酒、茶等圣人）

（2016-12-25）

怀屈原

纵身一跃汨罗江，
以死殉国表寸肠。
屈子诗篇垂万古，
情怀悲悯黯神伤。

（2015-06-20）

临端午忆屈原

辜负诗魂美政情，
频传四面楚歌声。
不分子午迎端午，
每忆屈平总不平。

（2016-06-07）

杜甫草堂

琼楼玉宇知多少？
不及一间茅舍好！
大庇寒门士子心，
兰宫桂殿寒碜了。

（2015-04-11）

怀韩愈

潮州履任不足年，

除鳄兴文世代传。

人赞功劳非禹下①，

韩山韩水②颂先贤。

（2015-05-09）

①潮州韩祠正殿左侧有《功不在禹下》碑位。

②因纪念韩愈，潮州后称笔架山为韩山，鄂溪为韩江。

贤令山感怀

贤令山怀县令官，

历来佳话广流传。

轻烟缭绕千岩表①，

敬对贤良怒斥贪。

①贤令山为纪念韩愈贬为阳山县令作出的贡献而命名，贤令山有据说是韩愈手迹"千岩表"的刻岩。

（2015-05-24）

怀苏轼——星宿

厄运何处觅缘由？

黄州惠州和儋州。

贬之摧之欲毁之，

怎料成就一星宿。

（古风）

（2015-11-13）

怀苏轼——黄州

定惠院东吟海棠，

南堂居所濒长江。

东坡尚有躬耕地，

从事农桑憩雪堂。

（2015-11-13）

怀苏轼——惠州

不辞长做岭南人，

细读方知不奈音。

北返中原成绝望，

惠州归老定决心。

（2015-11-13）

怀苏轼——儋州

皈依黎母报儋州，

狼狈仓皇盖小屋。

只是获得乡士助，

东坡书院载风流。

（2015-11-13）

读辛弃疾

气贯长虹万里风，

金戈铁马载威名。

美芹悲黍遭人弃，

豪放雄词誉永恒。

（2016-07-02）

12月26日感怀

雷和婴哭响韶山，

星火燎原始点燃。

宝塔山巅灯闪亮，

天安门上响宣言。

（2015-12-26）

赏海棠忽忆张爱玲

海棠乱意且迷神，

才女超凡笑俗尘。

君恼此花香味少，

可知倾倒几多人？

（2016-04-08）

人生似风

漫漫人生似阵风，

春秋冬夏不相同。

扬帆之际思划桨，

闯荡江湖谨慎行。

（2016-06-24）

人生像花

浪漫人生像朵花，

逢春绽放展芳华。

妖娆百日终凋谢，

化作流云逐落霞。

（2016-06-24）

人生如雪

人生奔放如飞雪，

苦短一说过耳风。

玉蝶天成当劲舞，

需知坠地就消融。

（2016-06-24）

人生若月

人生理想若明月，
淡雅高洁似画图。
晴雨圆缺心不变，
孜孜不倦永追求。

（2016-06-24）

初心

不失初心赤子诚，
污泥不染似莲清。
云舒云卷终高远，
潮落潮升始碧莹。

（2016-12-27）

别离感怀

博园打理四年零，
突感依依不舍情。
不系之舟何处去？
孤帆月棹向光明……

（2017-02-21）

丝和思

袅袅柳丝舞翩跹，

霏霏丝雨绣珠帘。

一盘佐酒连丝藕，

思也微醺返故园。

（2017-04-06）

春节近了

弓弦欲放子归心，

牵系家乡父母神。

火车飞机虽现代，

料难装尽此情深。

（2017-01-06）

春节欢乐

春寻百草百花丛，

节莅千门万户中。

欢匿浅深杯盏里，

乐藏高低笑谈声。

（2017-01-23）

丁酉春节献诗

雄鸡鸣唱到清晨，

四季轮回又早春。

万紫千红娇艳艳，

五湖四海绿茵茵。

（2017-01-27）

春节

中华儿女过春节，

团聚祥和对酒歌。

牵系家国千万里，

绵长情意化心结。

（2015-02-23）

春节过了

春节过了意依依，

聚首亲人又散离。

云絮悠悠何处去？

百花深处草萋萋。

（2015-03-06）

鸡年咏鸡蛋

珠圆玉润娇身形，
仙液琼脂隐腹中。
惠及人人无价宝，
传承代代大明星。

（2017-01-30）

戏说鸡

未想将身比凤凰，
坦然奉献不寻常。
一隹吸尽一溪水①，
谁道灵鸡小肚肠？

（2017-01-25）

①鸡的繁体字为"鷄"，右边"隹"为短尾鸟，乃鸡的远祖。左边"奚"乃"溪"去水旁。

羊年祝福

风催华夏百花开，
羊上神州大舞台。
春往万家灯火去，
喜携一片紫烟来。

（2015-02-17）

羊年到了

疑为天际走流云，
又似扬风卷雪尘。
咩叫方知羊驾到，
惊呼华夏满园春。

（2015-02-16）

元宵夜观灯（一）

红灯高挂路双边，
疑是银河坠世间。
汽车如潮波浪涌，
光随流水入云端。

（2016-02-23）

元宵夜观灯（二）

路侧红灯明艳艳，
天仙妒忌还称羡。
腾云驾雾来添乱，
未使佳人全掩面。

（2016-02-23）

打工者年后别

更尽一杯酒，
难穷五味情。
对联陪父守，
炮仗送儿行。

(2016-03-01)

端午赛龙舟

传说端午赛龙舟，
源自屈原坠水流。
世代竞逐难间断，
江中或许更悠悠？

(2016-06-10)

端午回味

端阳离去意依依，
口齿留香粽味回。
过往散沙足教训，
团结凝聚鬼能欺？

(2015-06-22)

龙舟

铿锵锣鼓撼人心，

破浪飞舟努力拼。

屈子前方摇首叹，

当年吾楚少精神！

（2015-06-22）

箬叶

湘妃宠幸爱斑竹，

低矮箬竹感不如。

从此专心包粽子，

每逢端午逞风流。

（2015-06-22）

戏作

酌后梦出游，

恰逢轼泛舟。

求填词奥秘，

答道钓诗钩。

（苏轼《洞庭春色》诗："应呼钓诗钩，亦号扫愁帚。"）

（2016-10-04）

七夕

牛郎织女阻银河，

爱在天堂亦百折。

七月悲情何日了，

一桥飞架尽欢歌？

（2016-08-07）

立春

立春流水暖三分，

播雨耕云醒木神。

百草商量重翠绿，

群芳酝酿再缤纷。

（2017-02-04）

立夏

别春立夏有无声？

风起风停似竞争！

狼藉残红花失意，

骄阳造势夏威升。

（2016-05-05）

立秋

酷热难熬盼立秋，

离开暑夏却回溯。

季节更替如一瞬，

不免萌生淡淡愁。

（2016-08-06）

清明

烟雨蒙蒙柳也愁，

此节此树觅源头。

春秋介子遗诗里，

所望清明世代求。

（清明节一说源于介子推的传说）

（2016-04-04）

小雪

小雪当天飘小雨，

珠帘后匿琼花女。

君怀耐力和诚意，

或获冰清佳丽许。

（2015-11-22）

又是一年化作风

惊呼岁月太匆匆，
又是一年化作风。
笑忆少时思长大，
曾嫌日子慢腾腾。

（2017-12-23）

合 音 袅 袅

词

蝶恋花·春

来自严冬知困苦。
世态炎凉，各有其酸楚。
习习春风相慰抚，
淅淅春雨消愁酒。

温暖阳光同享有。
大地一新，万物均含哺。
姹紫嫣红烘乐土，
柳枝袅袅翩翩舞。

（2017-04-01）

青玉案·迎新年

流光溢彩灯如昼。
盼贵客，人翘首，
笑语欢歌时起舞。

钟声敲响，恢宏起伏，

一百零八组。

新年驾到争先睹，

黑夜顽皮间帘幕，

难见庐山真面目。

等天明亮，尊容方露，

朝日溶溶处。

（2017-01-05）

三台令·迎羊年

羊叫，羊叫，

谁与和鸣喧闹。

九州大地春深，

燕舞莺歌醉人。

人醉，人醉，

疑梦《桃花源记》。

（2015-03-19）

（获2015年新春诗词歌赋征集三等奖）

相见欢·春色

红花绚丽缤纷，

蕴柔魂。

绿柳娉婷摇曳，舞罗裙。

碧池水，青草地，紫氤氲。

浪漫蓝天幽会，约白云。

（2017-04-14）

卜算子·春去也

花好不长开，雨后纷凋谢。

姹紫嫣红绿取之，倏地天趋热。

苦短叹人生，往往空悲切。

美丽春光也绝情，惆怅瞻明月。

（2015-05-13）

忆江南·初夏到（三首）

（一）

初夏到，

翡翠倒江中。

绿叶青枝趋茂盛，

千红万紫渐凋零。

原野显葱茏。

（二）

初夏到，

珠玉撒空中。

夏雨频仍浇大地，

春风衰退匿芳踪。

电闪伴雷鸣。

（三）

初夏到，

浮想自心中。

井蛙何能言瀚海，

夏虫不可语寒冰。

求索忌消停。

（2015-05-19）

醉花阴·人在翠阴中

清婉歌声缘宋代，穿越时空跑。

传雅士毛滂，歌女琼芳，倾慕相交好。

奈何命运由天定，心迹凝诗稿。

人在翠阴中，化作词牌，世代余音绕。

（2016-10-06）

（据说"醉花阴"这一词牌源于毛滂词"人在翠阴中"句）

长相思·秋

雾朦胧，

眼朦胧，

景物如真如幻中。

欲将秋脸蒙?

稻香风,
果香风,
吹拂橙黄橘子红。
素商收获丰!
(2015-10-20)

忆秦娥·秋

云无几,
苍穹碧透洁如洗。
洁如洗,
一声雁唳,
纵横千里。

尘寰犹海波难已,
季节走马秋风起。
秋风起,
大师手笔,
绘出奇美。
(2016-10-13)

菩萨蛮·秋夜 (回文)

月辉清冷霜凝夜,

夜凝霜冷清辉月。

穹碧耀繁星，

星繁耀碧穹。

卷帘窗影乱，

乱影窗帘卷。

深忆记何人？

人何记忆深？

（2016-09-29）

天净沙·秋夜

夜阑走马观花，

碧空如洗无瑕，

似水柔情月华。

风轻韵雅，

偶闻枝叶喧哗。

（2016-08-17）

蝶恋花·秋夜枝影

秋日惊风吹落叶，

失伴枝条，疾首情悲切。

颜丹鬓绿吟《锦瑟》，

如今秃顶空朝月。

月影婆娑银白色，

影影绰绰，铁画连题刻？

西子捧心虽亦绝，

来春更冀从头越……

（2016-08-29）

采桑子·秋意

不经意里秋声起，

风也萧萧，

雨也萧萧，

犹似长江涌浪潮。

秋来常做乡愁梦，

归路迢迢，

心路迢迢，

斗转星移剩寂寥。

（2015-09-05）

天净沙·晚秋晨景

轻霜淡雾朝霞，

紫藤红叶黄花，

浅水无声素雅。

曙光底下，

柳条犹似华发。

（2015-11-02）

霜天晓角

题记："霜天晓角"既是词牌又做文题

霜天晓角，
可览深秋貌：
寒意伴着萧瑟，
黄黄叶，枯枯草。

远山仍俊俏，
我衰它不老。
苍翠衬托红紫，
似预兆，来年好？

（2015-11-04）

西江月·冬

穷阴金秋更替，严寒酷暑轮回。
冬天乍到示权威，风疾频惊山水。

松柏菊梅愉悦，妖魔鬼怪悲催。
一双冷眼辨忠奸，横扫贪婪污秽。

（2014-11-11）

念奴娇·海

百川汇聚，化琉璃翡翠，无边无际。
温顺亦掀三尺浪，愤怒震惊天地。
万种风情，千般神韵，玉润冰清体。
涛声悲壮，蕴含绵厚情意……

漫步黄海之滨，遐思飞舞，若碧波相继。
荣辱兴衰云过眼，风雨炎凉儿戏。
浩瀚苍茫，空濛深邃，显蔚蓝豪气。
愿为滴水，永偎慈母怀里……

（2014-11-17）

浪淘沙·春临海滨

微雨带轻烟，
垂柳翩翩。
莺歌燕舞鸟哗喧。
姹紫嫣红花吐艳，
画卷诗篇。

极目眺前边，
海天相连。
春风依旧事流迁。

波浪循环重起伏，

心渐缠绵……

（2017-04-08）

生查子·海滨落日

海天相连处，落日溶溶状。

倒影映波红，惊鸟掀风浪。

帆自水中漂，时隐时光亮。

人在岸边行，疑坠瑶池上？

（2016-10-07）

浪淘沙·中国航母

航母正出发，

水漫平沙，

惊飞鸟类醉云霞。

初露锋芒出岛链，

壮我中华。

涛起海喧哗，

无际无涯，

乘风破浪溅琼花。

亮剑扬威惶鬼蜮，

捍卫国家！

（2017-01-20）

水调歌头·月

时似玉盘态，时状宛若弓。

循环往复接力，从未见消停。

即使刮风下雨，或遇云遮雾罩，亦偶露峥嵘。

日日按时至，何计始和终？

怀博爱，容慈善，胜神灵。

力驱昏暗阴影，赋黑夜光明。

理解凡尘疾苦，传递人间思念，耿耿又忠诚。

千里共明月，万古颂真情。

（2016-09-14）

水调歌头·中秋赏月

说远挂天际，道近照心田。

垂髫与尔交往，眨眼我垂年。

岁月匆匆流逝，世事常常变化，惟你性依然。

慷慨溢蟾彩，恒久顾人间。

质高洁，气典雅，意缠绵。

女神博爱柔情，如画卷诗篇。

陶冶东南西北，传递悲欢思念，淌汩汩清泉……

节数中秋美，月是此时圆！

（2015-09-28）

忆秦娥·树叶

光阴转，

观伊可断秋深浅。

秋深浅，

葱茏容貌，

渐呈黄脸。

四明狂客春裁剪，

谁知宿命遭风遣。

遭风遣，

回归大地，

望天高远。

（2016-08-25）

浣溪沙·树叶

自认平凡而普通，

苍天看法不相同，

青枝作伴反凌空。

合力齐心织绿网，

孜孜不倦庇苍生，

归宿两袖满清风。

（2016-08-26）

采桑子·咏竹

亭亭玉立犹仙女。

仪态窈窕，

气韵清高，

斗雨迎风更媚娇。

谦谦君子怀若谷。

节段昭昭，

侠骨峣峣，

傲雪凌霜候李桃。

（2017-01-13）

减字木兰花·咏梅

萧条冬季，

粉艳嫣红来点缀。

犹似流云，

绰约飘逸佳丽身。

气清月冷，

典雅高洁摇倩影。

不傍春光，

道骨仙风傲雪霜。

（2017-02-03）

采桑子·有些花开始谢了

花开花落都牵系，

兴也心疼，

衰也心疼。

睹物思人遂动情。

新陈代谢为规律，

它要遵从，

他要遵从。

生命应该相类同。

（2017-04-12）

虞美人·狗尾巴草

宛如小狗茸茸尾，遍布荒丘里。

活灵活现状玲珑，恰似一群新宠撒欢中。

摇头晃脑寓童趣，也在吟诗句？

无需攀附慕高枝，心地纯洁终会有人识。

（2015-09-22）

虞美人·蒲公英

田头地角一株草，魂梦常牵绕。
最奇那个小绒球，天女散花由此觅源头?

几多孩子迎风喊，笑指空中"伞"。
蒲公英籽意绵绵，它把无穷欢乐种童年。

（2015-10-12）

虞美人·蜻蜓

小荷尖角当头立，澄澈莲池水。
久凝倒影好清纯，更有绿螳螂伴嬉烟云。

翅薄眼亮天生就，轻巧人人慕。
虽说夏季顶骄阳，赏你飞翔炎热变清凉。

（2016-08-04）

天净沙·粽

叶青米白包严，
咸甜软糯成团，
凝聚缠绵意远。
遐思遥念，

粽香联想屈原。

（2016-06-08）

鹊桥仙·鸡年咏鸡

张扬天性，演绎母爱，
莫过母鸡护小。
鸣声惊落满天星，
漫长夜雄鸡报晓。

温良情韵，端庄仪表，
远祖古时佳鸟。
无私贡献蛋和身，
日常里谁人离了？

（2017-01-31）

鹊桥仙·七夕祝福

甜言乞巧，柔声约会，
月下窃窃私语。
年年七夕到人间，
似潮涌无穷期许。

牛郎织女，良缘佳配，
经历几多风雨？

崎岖之路见真情，

爱之树长青常绿。

（2016-08-08）

南乡子·怀岩石

素面向青天，

峻岭崇山任枕眠。

杂草野花相簇捧，

绵绵，

淡雾轻烟亦绕缠。

筋骨地相连，

饱历沧桑万万年。

人类仅能称小辈。

翩翩，

此际无声胜有言。

（2017-01-18）

虞美人·中国诗词大会

泱泱华夏诗国度，

李杜传今古。

许多名句与名篇，

潜移默化海洋数千年。

长江后浪推前浪，

拍岸琼花放。

赞扬央视借东风，

诗词盛宴万众醉其中。

（2017-02-10）

采桑子·乡愁

秋风引起思乡病。

万木萧萧，

千里迢迢。

游子心中涌浪涛。

即乘高铁回归去？

心底童谣，

桑梓新潮。

此意惟宜对月聊。

（2015-08-25）

浪淘沙·乡思

人静夜阑珊，

秋倦冬还。

未曾供暖似觉寒。

恍恍惚惚回故里？

亲友同欢。

醒后倚窗前，
思绪翩翩。
家乡沧海变桑田。
记忆大多无解了，
傻望天边……

（2016-11-08）

虞美人·海滨乡思

涛声耳际相萦绕，乡里林间鸟？
面临海纳百川容，故土溪流之水在其中？

观瞻持续延绵浪，桑梓山一样？
铭心记忆怎忘杯？恣肆狂澜朝我直奔来……

（2015-01-23）

虞美人·昨梦百花洲

伊人入梦春来早？花映青青草！
如真似幻景依稀，但见南归燕子复来回。

东湖妩媚仍然在，笑我龙钟态……

欢欣之后转忧伤，感叹韶华飞逝泪盈眶……

（2015-01-26）

虞美人·贵阳花溪

花溪貌美名称好，仙女下凡了。

群芳碧水映相红，十里河滩长袖舞春风！

青山宛若珍珠链，掠过双双燕。

轻烟袅袅意悠悠，华贵雍容微笑且含羞！

（2016-01-20）

水调歌头·梦带湖

梦见带湖①美，沿岸野花开。

柳丝袅袅摇曳，双剪燕飞来……

曾读稼轩杖履，一日千回于此②。何故独徘徊？

知者二三子③，晚辈仅相猜。

横流乱，胡尘患，尽阴霾。

朝廷苟且偷安，华夏共悲哀。

想起金戈铁马④，忆及"芹"疏"议"谏⑤，天也负英才！

伴水依山去，词赋抒伤怀……

（2015-10-03）

①辛弃疾《水调歌头》词中有"带湖吾甚爱"句。带湖处上

饶之北，辛曾居于此。

②辛弃疾《水调歌头》词中有"先生杖屦无事，一日走千回"句。

③辛弃疾《贺新郎》词中有"知我者，二三子"句。

④辛弃疾《永遇乐》词中有"想当年金戈铁马，气吞万里如虎"句。

⑤辛弃疾有《美芹十论》《九议》等文，都是主张抗金、收复失地的论著。

贺新郎·读《橘颂》颂橘树

美哉斯橘树！

貌翩翩，花容缟素，叶颜葱绿。

果似繁星高高挂，溢彩流光瞩目。

主干挺拔如砥柱。

倜傥风流多妩媚，且气质典雅脱尘俗。

欲睹物，去南浦。

后皇嘉木生于楚。

想畴昔，屈原沥血，咏歌吟赋。

赞你深深扎故土，永共悲欢乐苦。

相契合，言出肺腑。

尔令诗魂传万代，可知因此亦垂千古？

天地宠，世人慕！

（2016-06-17）

满江红·抗日战争胜利70周年

七十春秋，历史里，匆匆一刻。

忘不了，八年抗战，艰难岁月。

毒蛇欲将神象咽，恶倭图把中华灭。

惨人寰，残忍搞"三光"，尸遍野。

好儿女，真本色；

披肝胆，沥心血。

党中流砥柱，兆民团结。

国共合作御日寇，弟兄谅解平妖孽。

法西斯，终上断头台。苍天悦！

（2015-09-04）

水龙吟·首个国家公祭日感怀

六朝古都南京，何尝不是伤心地？

时光倒转，逾八百月[①]，难堪回忆。

日寇屠城。哀鸿遍野，怒朝魔鬼。

同胞三十万，惨遭灭绝。钟山哭，长江泣。

今岁非同昔比，看神州、碧空如洗。

和平发展，复兴民族，壮怀千里。

强盗幽灵，却频游荡，图谋重起。

我中华儿女，国殇国耻，应牢铭记。

（2014-12-16）

①77年前，距今已是850多个月了。

卜算子·自信

如大厦钢筋，似串珠丝线。

犹铸雕塑立起来，休要随风变。

强与尔孪生，弱者多磨剑。

放眼前方有目标，永不言疲倦。

（2016-11-10）

卜算子·偶感

大地暖风吹，万象更新了。

原野重披绿外衣，又现娇容貌。

眼望草青青，不俗青青草。

岁岁凋零岁岁新，往复循环妙！

（2015-02-24）

蝶恋花·文海泛舟

文海泛舟艰苦路。

名士风流，缘自积跬步。

万线千针织锦绣，

栉风沐雨成佳树。

环境劣优谁可助？

天赋神童，亦忌聪明误。

笨鸟先飞知去处，

精勤荒嬉人无数。

（2014-11-24）

集句诗

桃花

桃花春色暖先开①,

尽是刘郎去后栽②?

细看只似阳台女③,

唯我多情独自来④。

(2016-03-24)

①周朴：《桃花》

②刘禹锡：《玄都观桃花》

③岑参：《醉戏窦子美人》

④白居易：《下邽庄南桃花》

李花

别无春恨诉东风①,

惟有寻芳蝶与蜂②。

李花怒放一树白③,

柳絮飞时花满城④。

（2016-03-26）

①杨万里：《山庄李花》

②朱淑真：《李花》

③李白：传说

④苏轼：《东栏梨花》

杏花

夜寒微透薄罗裳①，

山城斜路杏花香②。

惆怅东栏一株雪③，

更待月黑见湖光④。

（2016-03-27）

①秦观：《画堂春·春情》

②李商隐：《日日》

③苏轼：《东栏梨花》

④苏轼：《夜泛西湖五绝——四》

梨花

雪作肌肤玉作容①，

一树梨花细雨中②。

风光不要人传语③，

轻轻笼月倚墙东④。

（2016-03-29）

①雷渊：《梨花》

②陈克：《豆叶黄》

③文彦博：《清明后同秦帅明会饮李氏园池》

④黄庭坚：《次韵梨花》

牡丹

春明门外即天涯①，

看遍花无胜此花②。

唯有牡丹真国色③，

千姿万态破朝霞④。

（2016-03-31）

①刘禹锡：《和令狐相公别牡丹》

②徐夤：《牡丹花二首》

③刘禹锡：《赏牡丹》

④徐凝：《咏红牡丹》

杨花

梁苑隋堤事已空①，

愿醉佳园芳树中②。

乍暖柳条无气力③，

唯有杨花独爱风④。

（2016-04-15）

①韩琮：《杂曲歌辞·杨柳枝》

②武元衡：《寓兴呈崔员外诸公》

③杨万里：《春晴怀故园海棠》

④吴融：《杨花》

丁香

丁香空结雨中愁①，

玉梯横绝月如钩②。

冷垂串串玲珑雪③，

江水中分绕槛流④。

（2016-04-02）

①李璟：《摊破浣溪沙》

②李商隐：《代赠二首》

③陈至言：《咏白丁香花》

④杨蟠：《陪润州裴如晦学士游金山回作》

牵牛花

西风吹叶满人家①，

晓雨微微洒物华②。

望见竹篱心独喜③，

插髻烨烨牵牛花④。

（2016-10-22）

①马定远：《杨休烈村居》

②赵师秀：《楼上》

③杨万里：《牵牛花三首》

④陆游：《浣花女》

茉莉花

一卉能熏一室香①，

直从初夏到秋凉②。

山塘日日花城市③，

闲立飞虹远兴长④。

（2016-05-22）

①刘克庄：《茉莉》

②杨泽民：《素馨茉莉》

③陈学洙：《茉莉》

④张镃：《鹧鸪天·自兴远桥过清夏堂》

月季花

阴阴溪曲绿交加①，

一年四季展芳华②。

谁言造物无偏处③，

天下风流是此花④。

（2016-06-02）

①晁冲之：《春日》

②佚名：《七律·月季》

③徐积：《长春花》

④孙星衍：《月季花》

芍药

红红白白斗精神①，

几花欲老几花新②。

有情芍药含春泪③，

又应愁杀别离人④。

（2016-05-14）

①戴复古：《觅芍药代简岂潜》

②白居易：《感芍药花寄正一上人》

③秦观：《春日》

④张泌：《芍药》

玫瑰花

沈园非复旧池台①，

廷下缚虎眠莓苔②。

折得玫瑰花一朵③，

异香清远袭人来④。

（2016-04-20）

①陆游：《沈园二首》

②黄庶：《怪石》

③李建勋：《春词》

④萧雄：《七绝·玫瑰》

蔷薇花

尽是人间第一流①，

朵朵精神叶叶柔②。

蔷薇花落秋风起③，

满川风月替人愁④。

（2016-04-24）

①钱惟演：《对竹思鹤》

②杜牧：《蔷薇花》

③贾岛：《题兴化寺园亭》

④黄庭坚：《青玉案·至宜州次韵上酬七兄》

桂花

晓风和月步新凉①，

漏泄神仙上界香②。

熏透愁人千里梦③，

风流直欲占秋光④。

（2016-10-10）

①毛玶：《浣溪沙》

②艾性夫：《桂花》

③李清照：《摊破浣溪沙·山花子》

④洪适：《次韵蔡瞻明木犀八绝句》

木槿花

榆钱落尽槿花稀①，

更惜年光似鸟飞②。

无事始然知静胜③，

他年为圃雅相宜④。

（2016-10-23）

①张舜民：《村居》

②李先芳：《新秋西郊杂兴》

③钱起：《避暑纳凉》

④张镃：《自料》

菊花

轻肌弱骨散幽葩①，

不尽风流写晚霞②。

淡巷浓街香满地③，

此花开尽更无花④。

（2016-09-22）

①苏轼：《赵昌寒菊》

②李师广：《菊韵》

③王如亭：《菊城吟》

④元稹：《菊花》

海棠

海棠珠缀一重重①，

一丛浅淡一丛浓②。

只恐夜深花睡去③，

独立蒙蒙细雨中④。

（2016-04-13）

①晏殊：《诉衷情》

②秋瑾：《秋海棠》

③苏轼：《海棠》

④陈与义：《春寒》

玉兰花

霓裳片片晚妆新①，

红是精神白是魂②。

羽衣仙女纷纷下③，

千古芳心持赠君④。

（2016-05-29）

①睦石：《玉兰》

②佚名：《七律》

③查慎行：《雪中玉兰花盛开》

④朱日藩：《感辛夷花曲》

山茶花

略无人管雨和风①，

犀甲凌寒碧叶重②。

惟有山茶偏耐久③，

衬陪宋柏倍姿雄④。

（2016-06-24）

①辛弃疾：《浣溪沙》

②沈周：《白山茶》

③陆游：《山茶一树自冬至清明后著花不已》

④郭沫若：《咏茶花》

梅花

梅花不肯傍春光①，

清夜横斜竹影窗②。

明月愁心两相似③，

一片能教一断肠④。

（2016-10-26）

①韩偓：《梅花》

②韩淲：《一剪梅》

③夏完淳：《寄迹武塘赋之》

④刘克庄：《落梅》

儿童诗

我是小蝴蝶

浩瀚苍穹大舞台，
白云悠悠飘过来。
且行且舞如梦幻，
曼妙神奇真可爱。

美丽祖国大园林，
鲜艳花朵四季开。
我是一只小蝴蝶，
翩翩起舞展风采。

（2016-07-13）

游星园

无垠夜空星满天，
不停闪烁把话传。
诚挚邀请我做客，

前往太空游星园。

来到茫茫星际间，
北斗七星最显眼。
牛郎织女隔银河，
凄美故事令人怜。

（2016-07-13）

蒲公英

蒲公英美叶青青，
长只小球毛绒绒。
轻轻吹上一口气，
小伞飘扬数不清。
伞儿伞儿飞远点，
带我往北游长城。
伞儿伞儿飞高点，
带我登月数星星。

（2016-06-29）

路边小花

春过百花都谢了，
却有小花开路边。
傍晚送我回家去，

早晨迎我上校园。

小花一路我高兴，

美滋滋的一天天。

小花常开我喜欢，

美化环境美心田。

（2016-06-29）

蚂蚁·蜜蜂

蚂蚁

蚂蚁外出排长队，

忙坏几只大蚂蚁，

瞻前顾后像老师，

照料小蚁挺仔细……

蜜蜂

蜜蜂且舞且歌吟，

逢花才罢嗡嗡音。

就像老师遇孩子，

倾注一颗疼爱心。

（2015-07-22）

我也有烦恼

青枝绿叶淡雾绕，

红嘴翠羽小小鸟。

似刚学飞翔，

只在窝边跳；

欲唱还休止，

神情显焦燥。

是否妈妈久未归，

饥肠辘辘很难熬？

碧水蓝天白云飘，

粉衫花裙茵茵草。

走近举头望，

问声小鸟好。

我知你的心，

我也有烦恼。

妈妈打工在远方，

思念绵绵相困扰……

（2015-07-21）

困惑

听爷爷说，

高铁高速如同蛛网。

电视上见，

动车大巴南来北往。

孩子心中好困惑：

为什么爸爸妈妈

一年却只回家一趟?

电话

小明爱电话,

可传父母的声音。

小明恨电话,

隔离面对面那种感情。

愿听爸爸当面的喝斥,

因从细微的眼神里,

可领略到父爱。

喜欢妈妈做的饭菜,

普通农家蔬果,

经妈妈的手更味美香浓……

(2016-06-01)

我和柳树交朋友

我和柳树交朋友,

见她外貌就投缘。

我们同披长头发,

都不喜欢扎发辫。

我和柳树交朋友,

共同爱好心相连。
只要音乐随风起，
裙裾摇曳舞翩翩。

我和柳树交朋友，
同样好静喜水边。
相对梳妆赏倒影，
心心相印却无言。

（2015-07-13）

纸飞机

气氛紧张硝烟起，
厅堂上方现飞机。
兄弟相对两边站，
手执格斗指挥旗。

两机鏖战相追逐，
短兵相接近距离。
加油之声不绝耳，
机不争气纷坠地。

纸质飞机难持久，
莫笑孩童太稚气。
可知莱特首架机，

首飞12秒数十米?

（2015-07-05）

童年的小溪

蜿蜒小溪村前流，
我们结成好朋友。
有空就到溪边去，
旖旎风景看不够……

澄澈溪水似明镜，
我立小桥入镜头。
哗哗流水若琴弦，
给我伴奏练歌喉。

碧绿溪水如玉液，
我坐树荫濯手足；
夏天清凉透心扉，
索性一跃水中游……

流连溪畔常忘返，
幻想与鱼竞自由。
我把心事托小溪，
带到远方觅归宿……

（2015-06-24）

父亲

父亲是参天大树，
树干是他的脊梁。
儿女是枝枝桠桠，
依托他有力臂膀。

父亲是浩瀚海洋，
水面是他的胸膛。
儿女是波涛浪花，
纵情地闯荡怒放。

父亲是巍峨高山，
穷尽千里的目光。
怀着无限的期许，
领儿女眺望远方……

（2015-06-21）

儿歌两首

（一）

数只蝴蝶舞翩翩，
色彩斑斓共花妍。

此起彼伏相追逐，

难道也在"丢手绢"？

（二）

柳丝依依垂水面，

蚂蚁旅行至梢尖。

柳丝摇曳风乍起，

蚂蚁悠悠荡秋千。

（2015-06-17）

那棵大树

窗台下面的那棵大树，

也是一个幸福的家庭。

树干挺立爸爸的脊梁，

树冠摇曳妈妈的身影。

蓬勃向上交错的枝桠，

亲密无间的姐妹弟兄。

大家骑上爸爸的肩膀，

一同簇拥妈妈的衣裙。

孜孜以绿色美化自然，

让生命之树常绿长青。

年复一年深爱着蓝天，

太阳公公露亲切笑容。

风爷爷似乎有些孤独，

常常与大树嬉戏歌吟……

（2015-06-16）

我与太阳捉迷藏

草地丢球玩腻了，
想和太阳捉迷藏。
让它躲进云彩里，
不准调皮偷着看。

蹑手蹑脚走过去，
身子紧贴粗树干。
树冠如盖像把伞，
正是藏匿好地方。

伞外渐渐亮起来，
云彩散去不遮挡？
看来太阳干着急，
它越着急光越强。

是谁通风连报信，
树枝忽然直摇晃。
一缕阳光照我身，
很多金币撒地上。

我怪风儿漏消息，

它连道歉送清凉。

太阳夸我俊小丫，

赋我汗珠七彩光。

（2015-06-15）

我在木盆泛轻舟

木盆装水清幽幽，

我在木盆泛轻舟。

纸船需要有动力，

频频吹气马力足。

航行目标要明确，

不然水面瞎漂流。

聚精会神定航向，

信心满满当舵手。

爸说生活像航海，

木盆行船打基础。

（2015-06-14）

给孙子

你是春天习习的风，

温馨，只有顺从相迎。

柔弱的手似握彩笔，
轻轻一描，绿人心灵。

你是夏天浓浓的荫，
清凉，亲人纷纷簇拥。
稚嫩身影却成大伞，
遮挡骄阳，爽快家庭。

你是初秋累累的果，
青涩，却连枝叶关情。
顽皮的脸传递信息：
待泛红时，亮人眼睛。

你是冬天红红的火，
暖和，众星拱月围拢。
童真的心热气腾腾，
洋溢喜气，消雪融冰。

（2015-06-03）

给孩子们

你是父母身上的心肝，
父母是你永恒的太阳。
你给父母生命添活力，
父母给你不竭的温暖。

你是时间希望的明天，

时间是你乘坐的画舫。

你给时间珍贵的印记，

时间给你无限的风光。

你是祖国美丽的花朵，

祖国是你生长的土壤。

你给祖国殷切的期待，

祖国给你依托的臂膀。

（2015-05-31）

昨天的雨（代后记）

天公板着黑脸，

有感而发？

昨天的雨，

任性地飘洒。

大地敞开胸怀，

包容接纳。

昨天的雨，

恣意地倾泻。

凝望昨天的雨，

我的心海溅起了浪花。

联想昨天的昨天的雨水啊，

蒸煮过我的饭菜，

冲泡过我的苦茶；

荡涤过我的身心，

洗出了我的白发……

我的人生之路，

由许多昨天铺就叠加。

昨天的昨天的雨，

既滋润着"路"，更有冲刷。

无形中影响"路"容"路"况，

给人生带来深刻的变化……

刘天仁

2017-06-03